WEI YUEDU

微阅读
1+1工程

1+1 GONGCHENG 第五辑

漂亮小姨

刘建超

百花洲文艺出版社
BAIHUAZHOU LITERATURE AND ART PRESS

图书在版编目（CIP）数据

漂亮小姨／刘建超著.—南昌：百花洲文艺出版
社，2014.9
（微阅读1+1工程）
ISBN 978-7-5500-1076-5

Ⅰ.①漂… Ⅱ.①刘… Ⅲ.①小小说—小说集—中国
—当代 Ⅳ.①I247.8

中国版本图书馆 CIP 数据核字（2014）第 200884 号

漂亮小姨

刘建超　著

出 版 人：姚雪雪
组稿编辑：陈永林
责任编辑：赵　霞　王俊琴
出　　版：百花洲文艺出版社
发行单位：全国新华书店
印　　刷：北京一鑫印务有限责任公司
开　　本：787mm×1092mm　1/16
印　　张：12
版　　次：2015 年 3 月第 1 版
印　　次：2015 年 3 月第 1 次印刷
字　　数：128 千字
书　　号：ISBN 978-7-5500-1076-5
定　　价：20.00 元

赣版权登字：05-2015-13

邮购联系：0791-86895108
网址:http://www.bhzwy.com
图书若有印装错误，影响阅读，可向承印厂联系调换。

前　言

以"极短的篇幅包容极大的思想"，才能够以小胜大，经过读者的阅读，碰撞出思想的火花，震撼人的心灵。正因为这样，微型小说成为一种充满了幽默智慧、充满了空灵巧妙的独特文体。

如果说在二十一世纪的头一个十年，是互联网大大改变了我们的生活，那么在我们正在经历的第二个十年里，手机将更为巨大地改变我们的生活。如今，以智能手机为平台，正在构成一个巨大的阅读平台。一种新的阅读方式正不知不觉地走进大众的生活。一个新的名词就此产生，它便是"微阅读"。微阅读，是一种借短消息、网络和短文体生存的阅读方式。微阅读是阅读领域的快餐，口袋书、手机报、微博，都代表微阅读。等车时，习惯拿出手机看新闻；走路时，喜欢戴上耳机"听"小说；陪人逛街，看电子书打发等待的时间。如果有这些行为，那说明你已在不知不觉中成为"微阅读"的忠实执行者了。让我们对微型小说前景充满信心和期待的是，微型小说在微阅读的浪潮中担当着极为重要的"源头活水"。

　　肩负着繁荣中国微型小说创作、促进这一文体进一步健康发展的责任和使命，微型小说选刊杂志社推出了"微阅读 1＋1 工程"系列丛书。这套书由一百个当代中国微型小说作家的个人自选集组成，是微型小说选刊杂志社的一项以"打造文体，推出作家，奉献精品"为目的的微型小说重点工程。相信这套书的出版，对于促进微型小说文体的进一步推广和传播，对于激励微型小说作家的创作热情，对于微型小说这一文体与新媒体的进一步结合，将有着极为重要的作用和意义。

编者

2014 年 9 月

目 录

精致女人

　　贤约我第一次见面的地点一定是经过她精心设计的。

　　月亮湾大酒店，市里最豪华的五星级酒店，听说吃一次早点就得几百元钱。我是第一次走进这么豪华的酒店，体会到什么叫做富丽堂皇。贤只说在大厅等她。

　　我也不是没有见过场合的人。好歹是个作家，在小小的内陆城市里也是个小有名气的人，我还是有些底气的人。我只是不适应自己在宽荡的大厅里像猴子一样被人好奇地观望。

　　就在我不自在的焦虑中，贤出现了。

　　贤出现在大厅通向二层的半圆形的扶梯上。橘黄色的扶梯，猩红色的地毯，贤一身黑色的晚礼服，左臂微抬，修长的玉臂上挂着款样别致的乳白色皮包，另一只手里拿着一本时尚的女性杂志（那是接头的暗号）。贤慢慢地沿着扶梯款款而下。

　　我敢说，只要是当时看到贤的人，一定都会被她的优雅气度所震撼。我就是半张着嘴，好像掉了下巴呆呆地看着她走到我面前。我开始的底气被她的气度彻底地击溃了，我觉得自己实在是窝囊。

　　"你是华作家吧，久闻大名了，就到前面休息厅坐坐吧。"贤大大方方地挽着我的胳膊。

　　我也不是没处过女人，同我处过的女人，都是我的崇拜者，不管是真崇拜还是假恭维，反正我是主动权的掌握者。贤是我遇到过的第一个让我在女人面前丧失主动权的女人。我感觉到自己的猥琐。

　　贤腰板笔直，走路的姿态如服装模特，充满韵味风情。我不知道自己是否像马戏团里跟在女驯兽师边上的大猩猩。

贤走到座位前，轻轻坐下。

服务生走来："二位要点什么？"

贤玉唇微启："靠啡。"

听听，人家咖啡不叫咖啡，咖字发"靠"音。

"大作家，您呢？"

"哦，一样，一样。靠——啡。"我的脸发热。

咖啡端上来了，我往杯子里加奶加糖加伴侣，用勺子转圈一搅和，端起杯子，喉结上下一滑就"咕咚"了一口。再看贤，咖啡里什么也不兑，用拇指和中指捏着银勺的顶端，沿着杯壁顺时针方向缓缓地画着圆。贤的兰花指造型自然熨帖，一点也不做作。贤一手端起杯子，另一只手拿着餐巾纸托着杯子底端，嘴唇微微一动，抿了一小口，然后用餐巾纸揩揩嘴唇。看看人家贤，我还算个文人呢，羞。

我和贤努力地找着两个人都能谈得拢的话题。其实我最拿手的是讲段子，每次和女同胞聚会我的段子都会引来哄堂大笑，并被封了个"黄委会"主任。和贤在一起，是容不得半星污垢的。我还是第一次觉得语言贫乏苍白，嘴里无词。

"作家最近在创作什么？"

"哦，正在写一部中篇，杂志社催得挺急。"

"你们作家得生活就是充实，自在洒脱。"

"咳，都一样，都是混口饭吃。对了，咱们也别光喝这靠——啡。去西餐厅，我请你吃牛排。"

"要不到我家吧，西餐我自己就会做，味道不比西克汉姆的差。"

"那我恭敬不如从命了。也好，省了我一笔开支。"

贤轻轻起身离去，我端起杯子把那该死的"靠啡"喝个底朝天。

贤家离酒店并不远，我俩边走边聊。路过一家精品服饰店，贤说："稍等一下。我相中了一款服装，看到货没有。"贤走进服饰店，询问了店员，微微的屈腿，看柜台下层的价格。贤看服饰的姿态都是那么的典雅，不像一些女人，在店里撅起屁股哈着腰看底层的货物，也不顾及露出了白花花的板腰和内裤。

贤的屋子不大，两室一厅，收拾得井井有条，一尘不染。

你随便坐吧，我给你冲茶。

我在书房里看看。贤的书房内布置得很有点文化味。一排落地书柜齐刷刷码满了古今中外的名著，每一排书中都安放个文化名人的雕塑头像，错落有致。有的我认识，有的我也叫不出名。我在书柜里找到了我一直想读的一本书，问贤能否借走一读。

贤把泡好的茶放在案几上，说："可以啊。不过要爱惜的。不能捻吐沫翻书，不卫生也容易把书潮湿霉变；不能在书上批注折页；不能把书展开扣着，容易把书弄变型的。我这有书签，你带上。"

我小心地捧着书，好像捧着个随时都可能爆炸的定时炸弹。

我从贤家出来，有种被释放了的快慰。

第三天，贤给我打电话，让我快点到她家去。

我去了，书房里的书乱七八糟地铺了一桌子一地。

我说："你干什么，办书展啊？"

贤说："单位要考试，出了一大堆的提纲，我都急死了。请你大作家来帮帮忙。"

我接过贤手中的提纲，都是些很平常的文史知识。我说："就这么简单的东西还值得这么兴师动众啊？"

贤没听明白："你说什么？"

我底气十足地说："啊，没什么，你这一柜子书可真好。收拾完了，我请你去喝咖啡。"

漂亮小姨

二胖的小姨来了，是一个漂亮的小姨。二胖和我家是门对门的邻居，两家共用一个厨房，小姨和我在一起，嫉妒死那些比我大比我小的男孩子了。

小姨十六七岁，其实是个大姐姐。她是二胖的小姨，我们也都跟着叫小姨了，二胖还咿咿呀呀地不会说话哪，小姨就是来帮着姐姐照看二胖的。

小姨漂亮，中等个头，大眼睛双眼皮，长睫毛，白里透红的脸颊上有浅浅的雀斑。小姨梳着短辫，额前的刘海弯弯曲曲像海浪，我们都觉得小姨比电影的那些女演员还好看。小姨总是面带微笑，见谁都是高兴的模样，浅浅的酒窝让笑容更加迷人。

小姨漂亮，大院里的孩子都喜欢和小姨玩。男孩子更不用说了，小姨要去取牛奶，小姨要去买豆腐，小姨要去买菜排队都让男孩给包了。有的家属就奇怪地唠叨，孩子在家里啥活都懒得做，给小姨跑腿比谁都机灵。

有个年轻的小干事，总是爱到小姨家给小姨的姐夫汇报工作。每次去，都是皮鞋擦得贼亮，脸上还抹着雪花膏。看着他在和小姨的姐夫说话，那双不大单眼皮的眼睛总是悄悄地往小姨身上看。我把发现的情况告诉了小欧，小欧说，他会不会是想找小姨谈对象。他不要脸，想抢咱们的小姨，咱们要打击他。

那天，又发现小干事去小姨家，小姨中午还留他吃饭。我和小欧在他回去的路上，挖了一个陷阱。我们先挖一个土坑，有一尺深，把坑里灌满水，用树枝条把坑口棚起来，铺上树叶，再薄薄地撒上一层土。我

和小欧故意地走在没有铺陷阱的一边，看着小干事一脚踩入了水坑里，新皮鞋灌满了黄泥水，我和小欧欢叫着撒腿就跑。我把事情告诉了小姨，小姨咯咯地把腰都笑弯了。小姨用指头点着我的额头说，就是你调皮，会出歪点子。以后不许这样了，人家大人是说工作，办正事哩。

小姨心灵手巧，可能干哪。每天除了三顿饭，她还要用煤油炉子给二胖热奶、蒸鸡蛋。部队有午睡的习惯，小姨的姐姐、姐夫吃过饭就午睡休息。小姨一只手抱着二胖，一只手用抹布把锅台炉灶擦洗干净，然后坐在屋外的阴凉地里，怀里抱着二胖，手里拿着厚厚的一本书，看得非常投入。

我问小姨，看的什么书？

小姨悄悄地说，《林海雪原》，受批判的书。

我说，受批判的书你还敢看，不怕人家说你反动。

小姨笑了，说，我边看边批判啊。不看怎么知道它哪里反动？

小姨说得有道理啊，我说，那我也看。

小姨说，闲的时候我看，我忙的时候你看。

我问小姨，《林海雪原》受批判，那样板戏《智取威虎山》为啥受欢迎？不都是杨子荣、少剑波、坐山雕吗？

小姨摇摇头，我也说不清，一个是戏一个是书吧。

我说，小姨，我长大了也当作家。

小姨说，好啊，有志气。这本书，你没有白看。

秋天，小姨的弟弟程国泰从四平来部队看望小姨。我叫他国泰哥哥，小姨笑了，说在外随便叫。部队大院外，有个香瓜地，我们出去玩的时候总路过那片瓜园，诱人的瓜香拖着我们的脚步。

国泰哥哥说，走，买香瓜吃。

一群孩子兴奋了，围着瓜棚又喊又叫。每人手里捧着两个香瓜，坐到小河边，在河水里把香瓜洗干净。一个香瓜分成两瓣，满满地咬上一大口瓜，口水和瓜汁一起顺着嘴角往下淌。大家忽然发现，买的香瓜有一半都是坏的。一定是卖瓜的人看着我们小孩好骗，把坏瓜也趁机塞给我们。

国泰哥哥很生气，说，走，找他算账。国泰哥哥把我们分成两组，

一组由国泰哥哥带着找卖瓜的人说理，一组由我和小欧在卖瓜人注意力分散的时候，从瓜地的另一端偷瓜。哈，计谋成功了，我们偷摘了十几个香瓜拿回家。我绘声绘色地给小姨讲战斗经过，小姨开始还笑着，后来脸就挂住了，最后小姨就狠狠地说国泰哥哥，他们小，不懂事，你也不懂事？你给他们做的什么榜样？你是要教孩子们学坏，学不诚实吗？

小姨说完我们，就去了瓜棚，赔给了人家瓜钱。晚上，我开始拉肚子，小姨刮着我的鼻子说，看看，做坏事就会遭到惩罚，她赶紧带着我去卫生队看病拿药。

冬天，天气很冷。我和小欧在厨房里玩，小欧说，我们用小姨的煤油炉子烤火好不好？我两人就悄悄地把煤油炉子点着了，嫌火苗太小，就转动捻子，还打开油盖看油多不多。结果把煤油弄洒了，瞬间大火就燃烧起来，我和小欧撒腿就往屋外跑，整个厨房已是黑烟滚滚。小姨从服务社买粮回来，扔下米袋就窜进了浓烟火光里，把在里屋炕上睡觉的二胖抱了出来，小姨把二胖往我怀里一放，说抱好。她敏捷地跑到电闸处，拉下闸刀，抓过铁锨和竹篮往篮子里装炉渣，对端着脸盆的小欧说，不能泼水。小姨提着炉渣一次次冲进火里，用炉渣控制住了火势，大人们赶来扑灭了大火。

小姨的脸和鼻子尖都沾了黑，额前浪花一样的刘海被火燎没了，长长的眼睫毛也燎焦了，我和小欧吓得哭了。小姨搂着我俩说，没事了，知道吗，油着火了是不能用水泼的，要用泥土来压。

小姨要离开大院回四平老家了，大院的孩子都去送行，把部队的班车都给挤满了。

我哭了，小姨哭了，孩子们都哭了。

老街寡妇

　　闲来转老街，一半看寡妇。在老街上闲逛的人，有一半是为了看寡妇，足见老街寡妇的名气和美貌了。老街的寡妇其实也就一家。街东头的狮子楼旁，一栋二层灰砖蓝瓦的小楼。小楼从上到下，挂着一幅八米长一米宽的米黄色幌子，上写着"美寡妇杂货店"。杂货店的老板，自然就是大家谈论最多的寡妇黄花。

　　寡妇开店，在老街还是头一家。老街人大都是以开店经营小买卖为生，大大小小的老板满大街都是，唯独没有女人家开店当老板的。黄花嫁到美家不到一个月，丈夫就在外出进货的途中遇难身亡。看着年迈多病的公婆，黄花决定不再嫁人，自己开店。女人开店不吉利，满大街都是议论声。有好事的主还找到黄花的公婆，让他们阻止黄花的荒唐行为，别在咱老街上丢人现眼。黄花丢给来说事的人一句话：如果谁能给她的公婆养老送终，我立马走人。要是没有本事给二老伺候善终，就不用来放闲屁。

　　黄花的店开张了，索性连招牌也换了，就叫"美寡妇杂货店"。谁爱说谁说。店开了，生意还听红火。黄花店里的货地道、价格公平，黄花待客为人也热情周到，关键是黄花人漂亮。去店里看看人家，走的时候总得掂点东西。

　　黄花店里的生意好，自然招来许多人的眼气，流言蜚语也多。今天传出黄花和这个有一腿了，明个又有人说黄花和那个勾搭上了。黄花听了不急不恼，漂亮的脸蛋露出俩酒窝，这老街上的汉子啊都和我好过，看他们还说谁去。黄花还专门和谣言较上劲了。

　　常有客户来送货，晚了，黄花就留客人吃饭，喝上几盅。晚上就会

听到黄花的院门声，听到黄花送客的声音，慢走啊，再来啊。就有人传谣，说黄花半夜里和客户不正经。黄花也不恼，晚上就把造谣人的名字吆喝得半条街都听得到哦。被黄花吆喝过的主，第二天就会跑到黄花的店里求饶。

老街汉子们聚到一起就犯心思，这黄花究竟能看上谁啊。这么俊的女人，谁能和她困上一觉，真是他妈的福分。有人就打赌，谁能钩挂住黄花，狮子楼里摆一桌水席伺候。有好事的就去黄花的店里挑逗黄花，黄花也不计较，真真假假地跟他们斗嘴耍，总是把来挑逗的人整个没脾气。

黄花的心里头还真的惦记着一个主，八角楼下的"神刻张"。神刻张年近三十，一表人才，手艺在老街上也是一流的。神刻张每天去他的刻店做生意，都要经过黄花的杂货店。每次见到黄花在店外忙活收拾，都会尊敬地问候一声。遇到个进货的力气活，张先生都要帮手装卸。忙活完，就恭恭敬敬地和黄花道别，也没个多余的话。那天清晨，张先生在黄花的店门口，递归黄花一个纸袋说，我看你记账收发货，也没个手章，就给你刻了一个。黄花拿出章，章的用料是上好的和田玉，黄花两个子刻的庄重浑厚。黄花从印章上看出了张先生对自己的尊重，给张先生鞠躬。

那天突降暴雨，黄花忙着收拾店外的杂货，张先生跑了过来帮忙。忙活完了，两人淋了个透湿。黄花把张先生请进屋里，找出先前男人的衣服给张先生换上。看着眼前俊秀文雅的张先生，黄花动了心，抱住了张先生。张先生紧张得浑身乱抖，连连说，使不得，使不得。推开黄华，夺门而出，又冲到暴雨中。黄花哈哈地笑，直笑得满脸泪水瀑布般飞下。

张先生的家里给他定的有娃娃亲，女的在乡下，比张先生大几岁。张先生虽然满心的不愿意，可拗不过家里的老人。那几天，老街入夜闲静时，就能听到黄华家大门的开启声，听见黄花脆生生甜甜的声音，张先生慢走啊。门又重重地关上。老街到处流传开黄花和神刻张相好的消息。张先生找到黄花，说行行好，你别害我成不成。黄花就抿嘴笑。有消息就传到了乡下，张先生的家人带着定了亲的女人来和张先生闹了一通，还在黄花的店前指桑骂槐。黄花也不气恼，还给人家搬凳子、沏茶。

老街人都说张先生和黄花要勾搭到一块了。可是，晚上再也没有听到黄花家的大门响。没过几天，神刻张也不见了踪影，有人看见说他的铺子挪到涧西去了。

黄花的店还是热热闹闹地张罗着，老街寡妇的故事也越传越多，越传越神。黄花当作什么事也不曾发生过一样，精心打理自己的生意。静闲下来时，黄花就在一堆草纸上不停地盖章，盖章。

鳖王轶事

鳖王闷子的绝活就是在河水中行走能踩捉到绿鳖。绿鳖不但营养价值高，药用价值也很大，它的盖骨更是药中级品。

闷子老大不小了，仍是一人吃饱，全家不饿。手中有俩钱就花光弄净，没人相中闷子，闷子也相不中她们。

其实，闷子心有所属，闷子相中了开杂货店的寡妇黄花。

闷子喜欢黄花。黄花快30岁的人了，还嫩得让人心疼，玉藕般的皮肤谁见都想摸摸。闷子去黄花那儿拐弯抹角地说过几回，黄花总是笑吟吟地把他给堵回去。

"闷子，我大你好几岁呢，给你当姐啊，玩去吧。"

闷子可是真心，天天待在黄花的杂货店旁，有个出力跑腿的活，闷子比店里的伙计跑得还快。

闷子在黄花的店里待久了，就闻出些味道来。供销社的罗主任经常有事没事的到黄花店里转悠。黄花的店里常收些乡里人编织的柳条筐，得送到供销社。

罗主任相中了黄花，黄花送货时，罗主任就趁没人时动手动脚。黄花碍着面子，也为了生意，忍气没张扬，只是尽量少去供销社。可那罗主任苍蝇似的盯着黄花，还四处嚷嚷黄花是他的人了。

闷子气不过，找黄花理论，那姓罗的有家室，黄脸老婆在乡下，对你没安好心，他不就是有点权势么，你不会连好赖人都分不清吧？

黄花低头不语，半晌才说："闷子，你不懂。"

闷子还是犟："我不懂，你懂还在他面前卖弄？"

黄花火了："我就是卖弄了，就是看中他的权势了。怎么了？我愿

意，关你屁事？没事别在这里碍眼，你走，走！"黄花泪水涟涟。

闷子慌忙溜了。想想，黄花寡妇家一个，做个营生不易哩。

农忙时，供销社还欠着黄花的货款迟迟不能兑付，常有人从乡下来找黄花催款。黄花急得嘴上都起了泡。

闷子心疼黄花，自告奋勇，陪黄花去供销社找罗主任要账。

罗主任也没急，说资金周转困难。"你看店里有这么多的瓦罐，要不给你些瓦罐抵账？"

黄花猜到罗主任是故意刁难。说："你公家的店都卖不出去，我那小店有啥法子啊？"

罗主任笑着说："嘿嘿，你黄花有法，有法子啊。路都是现成的，看你想走不想走哇。"

闷子看了看那一堆瓦罐，说："行，咱都给拉走。可这些瓦罐也抵不了柳筐钱啊。"

罗主任说："你有本事把这些瓦罐卖掉，其余的我给现钱。"

闷子也不再多说，找来架子车把瓦罐拉回黄花的杂货店，把后院的仓库都给堆满了。

黄花愁容满面："闷子，就是开个酱菜铺子也用不了这么多的瓦罐啊。"

闷子却显得很兴奋，他拍着胸脯说："不出十天，我就给你换成现钱回来。"

第二天，闷子就装满一架子车的瓦罐去了乡下。傍晚黄花打烊时，闷子也回到了老街。架子车上的瓦罐不见了，车上装着的是一袋一袋的玉米、小麦还有鸡鸭鹅蛋。闷子手舞足蹈，说："乡下人喜欢这些罐儿，只是手中没现钱，我就让他们拿粮食拿鸡蛋换，明儿再把粮食鸡蛋拿到集市上卖，不就换成了钱？"

黄花愁眉舒展，留闷子吃饭，还打了酒。闷子仗着酒劲，在黄花屋里不走，黄花连哄带拉地把闷子推出了门外。

半拉月的工夫，闷子真把满屋的瓦罐都换成了钱。

镇里来人把闷子带走了，说罗主任告闷子投机倒把搞资本主义。

"还有没有理呀，咱卖了瓦罐收回自己的钱，咋还资本主义了？"

黄花就去找罗主任求情，罗主任二话不说用了强，硬把黄花关在了屋里。

闷子被放出来后，抱着黄花大哭，发着狠说："黄花，总有一天我会为你出气，我会为你出气啊。"

腊月，天寒地冻，潺河表面结了层薄薄的冰。

罗主任来求闷子了。原来，罗主任的老爹患脱肛，俗称"掉鳖豆"。痛得在床上打滚，吃药打针都不管用。有人就开了个土方子，要用潺河里的绿鳖盖骨及鳖头，焙干磨碎洒在患处，即刻就能见效。可这种天气到哪去找绿鳖？罗主任被他爹骂得狗血喷头，只得提着礼品求闷子给踩个鳖。

"数九寒天，在屋里捂着还生火呢，怎么能下河？不要命啦？"黄花拉着闷子不让去。

闷子咬着牙对罗主任说："我去。只是你得心诚。我下河时，你得跪在黄花面前，直到我踩到鳖上岸。"

罗主任禁不住老爹杀猪般的号叫，只得答应。

潺河边，黄花站立着，罗主任低头跪在黄花的面前，闷子赤裸着身子跳进了冰河中。

寒风中黄花焦急地看着破冰行走的闷子，身子都打着哆嗦。足足两个时辰，闷子才举着一只绿鳖到了岸边，罗主任接绿鳖时，绿鳖竟伸出头一口叼住了罗主任的食指，罗主任疼得嗷嗷叫，抓过块儿石头就要砸。

闷子说，这绿鳖一放了血，就失了功效，你还是快回家想门儿吧。

罗主任叫着喊着，赶着投胎似的窜了……闷子周身早也没了知觉。

黄花把闷子拉回了家，忙着喂姜汤，那泪水就没干过。

闷子哆哆嗦嗦地说："黄花，我刚下水就踩到了那只鳖，我不逮它。让那混蛋多跪会儿，给你出气。"

"傻子呀你！"

黄花泪如雨下，忽地解开了自己的衣扣，暖暖的身子紧紧贴在了闷子冰冷冰冷的身子上……

遭遇男子汉

　　叶子从昏昏沉沉中醒来。蒙眬睡眼看到了草棚的屋顶，沿屋顶移动下来是一堵模模糊糊的墙。墙似乎动了一下，叶子清醒了，那面墙竟是一个男人宽厚的背。叶子吃了一惊，想支撑起身子，又力不从心。男人听到声响，转过身关切地说，你醒了，好点没？叶子的声音仿佛从遥远的天籁传来，这是哪，我怎么在这？男人搓着一双粗壮的大手，你是累过劲饿过劲了。五里外林子旁，你躺在河边，我把你抱回来的。抱回来的？叶子抬手拉拉薄短的衣裙。男人有些慌乱，没有，没有。我是这样把你托回来的。男人伸出双臂做个姿势。男人怕她不信，又说，你们城里女人轻得跟小鸟。不像俺女人，瓷实着呢。叶子轻轻笑了一下，大嫂呢？男人说，她去套野兔。你虚，得补。俺女人套野兔的手法巧着哩。

　　叶子挪出草屋，阳光很亲切，很温和。绿树映衬的草屋，蓝天白云下的小溪，悦耳怡心的鸟鸣，叶子似乎进入了童话世界。真美呵。男人小心地跟着叶子，生活多有意思，年纪轻轻的，千万别往绝处想。叶子转过脸仔细看着身边的男人，宽宽的脸浓浓的眉厚厚的嘴唇，壮实的臂膀，胸前两块隆起的肌肉似女人的胸脯，胸脯至小腹连着密密麻麻的黑毛。胸脯上长毛，叶子只是在电影电视中的黑社会老大和洋毛鬼子身上见过。虽然觉得野蛮，却充满阳刚之气。叶子想起自己接触过的几个男友，要么白净单薄得连拥抱的感觉都苍白无味，要么未老先发福，挺着个皮肚子一副酒囊饭袋的样。叶子闭上眼睛，想象被毛茸茸的胸脯拥抱着的感觉，不禁红了脸。叶子捋捋秀发，你以为我会寻短见？男人说，俺两口子承包这山林已10年了，遇到这事也有过一两回，出点啥事麻烦着哩。叶子笑了，没出啥事也给你添麻烦。男人咧开厚厚嘴唇，不麻烦，

不麻烦。

男人的女人回来了，手里拎着两只欢蹦乱跳的山野兔。女人不漂亮，却很端正，身材是那种让人喜欢的丰满。叶子记起一句话，好男一身毛好女一身膘。没想让偏僻山林里的一对男女占全。男人对女人说，花花，快拾掇饭吧，城里大姐饿着哩。叫花花的女人应了一声，麻利地系上围裙走进厨房。男人说，俺女人不会客套，心眼好着呢。说这话的时候男人满脸洋溢着幸福满足。花花手脚麻利，饭菜很快就做好了。一盆炖兔肉，一盘炒辣椒，大葱蘸酱，面汤烙油饼，饭菜混杂在一起浓浓的香味让叶子感觉到从未有过的温煦。吃吧，多吃点。花花把兔肉挪到叶子碗前。男人拿起一棵大葱卷进油饼在酱碗里蘸蘸，张开大嘴咔嚓咔嚓吞嚼着，甚至能感觉到他牙齿欢快的撞击声。叶子被男人的吃相吸引，羡慕地看着。叶子想起城里的男人，打小就矫正牙齿，少年就有龋齿，用着各式各样的药物牙膏一口白牙中看不中用，吃着饭就用竹签抠来挑去，还三天两头上火牙疼。

叶子有午睡的习惯，入梦极快。蒙眬中叶子好像拥进男人毛茸茸的怀抱，叶子惊醒了。听到隔壁传来床板有节奏的吱吱响声，还有女人畅快的呻吟。叶子脸红了，心慌慌的，轻轻下床，沿着小溪漫无目的地走。叶子想，该给城里的男人打个电话，他一定急疯了。城里的男人待叶子很好，人也是小生王子之类，叶子的亲朋好友称他俩是天生一对。男人会做饭会烧菜，还会织毛衣，手比叶子巧。男人有修养，说话办事周到得体，也不乏幽默，叶子还是觉得男人身上缺点什么。该给他打个电话。叶子又走回小屋，让她吃惊的是小草屋里的呻吟声还在持续着，床板也还得意洋洋地吱吱着。俩人做爱会这么激情这么持久，叶子羡慕着嫉妒着。城里的男人像谗奶的孩子，有空就缠着你转，摸摸索索的跟多有激情似的。动真枪真刀时就英雄气短，匆匆忙忙了事。叶子的同事惠子，刚结婚几天到处打听壮阳的药，向叶子诉苦说，男人办事像流星，自己还没什么感觉呢他就完事喘粗气啦。怨不得大街小巷到处贴着治阳痿早泻的祖传秘方，原先还觉得无聊，谁知城里的男人还真就这德行。叶子故意弄出些声响，小屋里静下来。男人先出屋，你醒了，俺乡里人晌午不打瞌睡。花花出屋，头发有些凌乱，红扑扑的脸上写着满足。叶子

说，我想打个电话。男人说，俺这没接电话，得到十里外小卖店去打。花花让男人送叶子去，还拎着一袋蔬菜，说这可是自家种的绿色食品呢。

叶子跟着男人走出山林。过河，水不深，流也不急。叶子说，大哥，我怕水，你能背我过去吗？行。男人蹲下身子，叶子趴到男人黝黑宽厚的背上。叶子闭上眼睛，不知怎的，泪珠大颗大颗滚落下来。

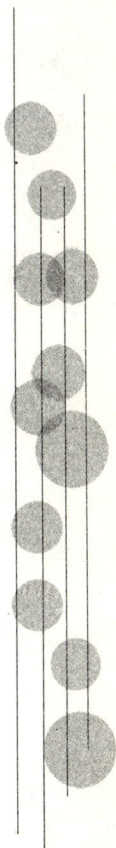

接　纳

　　芸是结婚后不再吃卤水大肠的。

　　芸白净的皮肤，高挑的个头，漂亮得大大方方实实在在，让人心颤，又容不得丝毫的邪念。那种漂亮不仅仅是你能感触到，仿佛你伸出手就能抓得住。和芸在一起，你会觉得请她喝茶都是对她美的亵渎，只有全市最典雅的葡京大酒吧才能与她的气质相符。偏偏，芸喜好吃俗得不能再俗的卤水大肠。

　　芸少年时得了一场病，高烧退去，吃啥都觉得口中无味。父母着急，变着花地做好吃的，芸都吃不了几口。那日，芸的一个乡下表哥进城办事，顺路来看看芸。芸围着表哥嗅嗅，说表哥带了什么好吃的东西。表哥有些发窘，说走得急，没顾上给表妹买东西。芸不信，从表哥口袋里掏出一个油腻腻的纸包，纸包里是表哥吃剩下的卤水大肠。芸就在表哥的惊愕状态下，狼吞虎咽地把卤水大肠消灭掉。从此，卤水大肠成为芸生活中幸福的美食。

　　芸是年轻男人追逐的天鹅。有才的有貌的有钱的有权的想方设法与芸套近乎，芸都看不上，用芸的话说是找不到感觉。芸在28岁成为老姑娘的生日晚会上，终于找到了感觉，也让芸的亲朋好友没了感觉。芸看上了一个在区文化馆画画的半大老头黑蛤蟆。天下的事真是说不清楚，黑蛤蟆新近丧偶，人家也没对芸有什么非分之想，拒绝了几次。是芸上杆子追那黑蛤蟆，不知芸读了黑蛤蟆在哪家晚报屁股上发表的一首酸奶果冻味的屁诗，被感动得一塌糊涂。芸迫不及待地就嫁给了黑蛤蟆，短的就没有什么值得回味的过程。唯一有带点味的回忆就是黑蛤蟆不再允许芸吃大肠。黑蛤蟆见不得芸把他认为猪身上最让人痛苦的部分当作最

幸福的部分享用。芸竟然同意了。

黑蛤蟆容不得芸吃大肠，黑蛤蟆自己却十分嗜好街头的一种小吃——油炸臭豆腐。经常可以在周末的夜晚，看到芸挽着黑蛤蟆的胳膊出现在老城八角楼附近，黑蛤蟆有滋有味地咂巴油炸臭豆腐串。黑蛤蟆可以一口气吃掉5串油炸臭豆腐，还可以列举出吃臭豆腐的10大好处，并且能够从美学的角度赋予臭豆腐很高的艺术欣赏价值。黑蛤蟆有时吃的腻歪，就把剩下的臭豆腐给芸吃。芸开始时，吃过了就吐，看到黑蛤蟆难过的样子，就擦擦眼角的泪，说我再试试，好东西也不是一下就可以接受的。黑蛤蟆兴奋地搂着芸说是的是的，比你吃的那猪大肠要强几百倍啊。

芸有一次还是忍不住吃了一回卤水大肠。芸参加好友露的婚礼，露的父亲是一级厨师，拿手的绝活就是卤菜。露知道芸爱好，特意让父亲精心调制了卤水大肠。看着色香味俱全的精美佳肴，芸禁不住诱惑，美美地痛快了一顿。芸提前赶回家，洗了三遍手，还刷了牙。可还是被黑蛤蟆嗅出了味道，黑蛤蟆一副痛心疾首的模样，把自己关在画室里画了一宿裸女像。芸好歹哄着黑蛤蟆，还专门买回了油炸臭豆腐，黑蛤蟆的脸才有了笑容。芸专门去卖臭豆腐的小摊贩和人家套近乎，讨教制作方法，回到家就试着做。芸做的油炸臭豆腐比街上的还好吃，黑蛤蟆开心地吃，芸支撑着下巴幸福地看着。黑蛤蟆忽然放下手里的食物，对芸说，你这种神态太美了。黑蛤蟆拿来画板，把芸克隆到了他的画夹中。这幅名为《幸福的芸》的画参加了省里的画展，还得了一等奖。黑蛤蟆一夜成名。

露带着家传的卤水大肠去看芸，一进门就捂住鼻子，臭豆腐的味道让她不能忍耐。芸笑着说，有那么严重吗，我怎么闻不出来。露说，你麻木了。当露得知芸把自己的爱好也牺牲了，大骂黑蛤蟆不公，要为芸抱不平。露大声嚷嚷，我的公主，你怎么能这样。芸平静地说，我爱他啊，爱一个人就该接纳他的一切，包括他的优点和缺点还有他的喜好。露就莫名其妙地搂着芸号啕大哭。

芸和黑蛤蟆结婚5年后，芸病了。芸病得这个世界竟然没有能力能够挽留住她。黑蛤蟆整天耗在医院里，一步不离的守候着芸。芸拉着黑

蛤蟆的手，吃力地吐出一个字，肠。黑蛤蟆说，芸，我去，我去买你爱吃的卤水大肠。黑蛤蟆买回了一大包卤水大肠，他夹起一块放到芸的嘴边，芸摇摇头，期望的眼神抚摸着黑蛤蟆。黑蛤蟆说，芸，你是让我吃？芸点点头。黑蛤蟆泪如雨下，大口大口吞嚼着说，芸，我吃，你看，我吃。

芸灿烂地笑了，芸灿烂的笑化作了永恒。

我的第一位女朋友

我的第一位朋友名字叫美，用她的名字形容她的相貌一点不过分。我和美第一次见面，美就坦率地说，我选男朋友不注重外表如何，关键是要有内在气质。我心里直打忽悠，实在说不清楚我的内在气质该如何释放出来让美一览无余。

我告诉美我在家是老大、会做饭、会洗衣、有责任感、不乏幽默，而且业余时间写点东西，小打小闹地在报上也发表了不少"豆腐块"。

美的几句话就把我的自信彻底摧垮：老大比较传统，比较守旧，缺乏开拓创新。洗衣做饭不应是男人用来炫耀的资本，不会做饭可以吃快餐，不会洗衣可以用洗衣机。会耍点嘴皮子不叫幽默，专业相声还幽不出来默呢。在报上发几篇文字就觉得有那么点味上来了，你说人们读报是看你的文字多呢，还是看征婚广告的多？

我汗颜，无言以对。

美挽着我的胳膊，靠着我的肩头，我想看看她姣美的脸庞，却总得歪着头。

我和美第二次约会是共同看了场西方一交响乐团的访华演出，一同走进一家咖啡厅。咖啡厅的装饰很温馨，很能勾起人的浪漫情怀。

美轻轻搅着杯中的咖啡：你觉得今晚的音乐会怎么样？

我实说：我不懂音乐，交响乐就更不会欣赏了。对流行歌曲还能听得懂。贝多芬、柴可夫斯基对我来说是白活了。

美：真不敢想象，没有音乐的生活该多可怕。你听过钢琴王子理查·克莱德曼的演奏吗，他触键充满朝气与充沛的活力，并能创造出明亮辉煌的声响，音色亮丽而富有弹性，钢琴王子理查·克莱德曼表现手法十分朴

素，触键微妙轻盈，令人丝毫不觉矫揉及修饰。情感的表达直接、真诚。

我真佩服美对音乐还有这么深的研究。

美：你听过雅妮的音乐吧，火爆热情；凯丽金呢，是用倾诉触动你多年封存心底的哀愁。美陷入了沉思，两眼凝望着窗外的华灯，像一尊玉石雕出的塑像。

和美吻别时，美有些失望：你怎么不懂音乐？

我和美第三次约会是到美术馆看世界名画巡回展。

我提前给美打预防针：对绘画我可是不感兴趣的。不过小时候我很爱看小人书，《三国演义》、《水浒传》，现在还保存着呢。美说：看一幅画不是用眼而是用心去体会。你看拉图尔的这幅《婴儿》，不但明晰、强烈，有生活气息，而且含蓄庄重，有独特的烛光语言。微妙的层次处理让人过目难忘心灵得到净化。从美术馆出来，我和美坐进了一家小餐馆，美的胃口挺好，吃了一份牛排，一片面包，喝了一份牛奶，我说：美，将来我每天都给你做一份西餐，味道肯定好极了。

美叹口气，我真不敢想象，将来我们吃饱喝足了，该谈点什么？

美是和我在湖滨公园的鸳鸯湖心岛划船时提出分手的。这点我已有心理准备了，与美接触这段时间我一直没能展现出我的内在气质，可和美分手我还是觉得心里很不是滋味。

我和美准备从湖心岛返回时，忽然狂风大作，大雨倾盆，小船漂得没了踪影，岛上没有躲风避雨的场所，我和美依在一棵树下，美浑身湿透，透湿的衣服紧贴着她婀娜的身体，只是没了往日的典雅，像一只受了惊吓的可怜的小猫。

我脱下了外套披在美的身上，美紧紧依在我的怀中。

"别怕，就当是在欣赏雅妮的音乐会。"我说。

"真想有一杯咖啡，一块牛排，你说你会做的。"

"可惜你没有机会吃了。"

"我想，我们再处一段时间。"美抱紧了我。

风停了，雨住了。公园的汽艇把我和美接出了湖心岛。

美后来给我来过几次电话，我都没有赴约。

我不敢想象，将来我俩谈完了音乐、文学、绘画，该干点什么？

织毛衣的女人

女人走进车厢时，火车已经缓缓地滑动。

女人拎着一个考究的大旅行箱，墨绿色的皮箱挺重，女人望了望行李架，又转身看看车厢里的几个男人。高个子男人站起身，我来吧。双臂如猿，把女人的皮箱放到了行李架上。

"谢谢，谢谢您。"女人声音润滑，夹杂着西南口音的普通话很有韵味。

女人轻轻地坐在下铺的一角，拿出手帕，轻轻地点着额头。车厢里便有了淡淡的清香，手帕上是撒了香水的。死气呆板的车厢里，因有了淡淡的清香，有了女人的味道，显得温馨了许多。

女人长得耐看。皮肤不白，却很细腻光泽，眼窝微陷，有些欧洲人的风韵。尤其是嘴角一颗黑痣，整个面容就显得格外生动。藏蓝色的长裙，衬托着她修长的身躯，瀑布般的长发遮盖着她浑圆的肩膀，深秋的季节，她头上戴着线织的棕色贝雷帽。

有了女人，旅途就减少了许多的枯燥。女人就如同明星，马上就被像新闻记者般的男人围住，从哪里来到哪里去，做些什么怎么做之类的没意思问题。女人修养很好，对所问的问题有礼貌地一一作答，脸上始终保留着微笑。女人不问男人任何问题，两个男人自己就把各自的来龙去脉都交代了一番，好像来而不往非礼也。

闲淡扯完了，高个子男人开始给自己沏茶泡水，胖男人缩到床铺上，翻着一本时尚的女性杂志。

女人轻轻地对高个男人说："能再麻烦你帮我把箱子拿下来吗？我想取些东西。"高个男人说："愿意为漂亮女士效劳。"女人拉开皮箱，拿出

了一个手提袋。女人从手提袋里拿出已经织了一截的毛衣，熟练地编织。女人坐得端庄，修长的十指精巧在针和线之间弹奏，脸上洋溢着温馨幸福的微笑。

高男人说："现在自己打毛衣的人可是不多了。我媳妇还是 20 年前给我打过毛衣呢。"

胖男人说："是啊，费事费时。现在商店啥花样的毛衣都有。"

女人微微笑着说："还是自己打的合身。我老公的毛衣毛裤都是我自己打，每年一套。"

高男人说："每年一套，能穿过来吗？"

女人还是笑微微："隔年换花样。"

胖男人大发感慨："真是好妻子啊。我就从来没有穿过女人给织的毛衣。"

高男人说："不会吧。你我这个年龄好像都是从织毛衣那个年代走过来的。"

胖男人说："别提了。我那时是谈了个女朋友，要给我织毛衣。那毛线还是我妈去上海带回来的。女朋友今天打了明天拆，总是不满意。其实打毛衣也就是个幌子，两人可以多呆一会。况且，女朋友给打着毛衣谈着恋爱，幸福嘛。就那一件毛衣，打了好几个月。最后就剩下袖子了。结果就出了点意外。"

胖男人也卖起关子，端起水杯喝茶。

高男人催了："说嘛，出啥意外了？毛线不够了？"

胖男人说："毛线多着哪，别说打个袖子，就是打俩裤腿都够了。"

女人依旧保持着姿态，头也没抬，说："大哥，是女朋友吹了吧？"

嗨，节外生枝啊。胖男人接着说："我们搞了个同学聚会，那天也是喝得有点高。送那女同学回家时，聊得激动，就和女同学搂着啃上了。你说巧不巧，就偏偏让我女朋友看到了。第二天一早，我妈就从院子里拾到了一个破编织袋，里面就放着个半成品的毛衣。"

高男人忍不住哈哈笑了。女人嘴角微微朝上翘翘。

胖男人的谈兴被调动起来了，接着说："还有更糟糕的事哪。我又谈了个女朋友，把那半成品拆了，给我重新打，还说要织成一对的情侣衫。

毛衣越打越慢，两人也越来越没情绪。那是个天高云淡的夜晚，我们就胡乱啃了啃就友好地分手了。那毛衣我也没好意思要回。过了几天，我看到和我分手的女朋友挽着人家的男朋友逛街，俩人穿着情侣衫，那男的穿得那件就是我的那上海毛线。"

大家都忍不住开怀大笑，女人用手背轻轻搭在唇边。

胖男人总结般的说："从此以后，谈女朋友我就坚决抵制她给我打毛衣，遭不起那个罪了。"

女人说："给老公织毛衣也是织个心情。你说，现在男人却啥？啥也不缺。名牌的服装满大街都是。老公穿什么样的名牌衣服也不如穿我给他值得毛衣帅气。"

胖男人说："你老公是干什么的？大老板吧？"

女人细细地数着针数，说："他在政府部门。"

"是个当官的吧？有这样体贴的妻子真是有福分啊。"

女人说："买的衣服再好再贵也是没有感情的，老婆给织的东西再旧也是有生命力的，活的。我老公说的。"

高男人感叹道："我的衣柜里衣服倒是不少，可是没有一件是老婆亲手做的。你别说，感觉是不一样。"

火车进入夜间行驶，男人都仰在了铺上。女人还在一针一线的织着毛衣。

高男人说："休息吧，老公该心疼了。"

女人说："下车前要赶出来。老公明天要出席个重要仪式，说好要穿的。"

男人羡慕的直咂咂嘴。车厢里就响起了呼噜呼噜的酣睡声。

女人活动活动肩膀，双手交叉揉摩了一下，又埋下头织着毛衣。

男人们从睡梦中醒来时，天已经放亮。

女人正在收拾东西。

高男人问："毛衣完工了？一夜没睡吧？"

女人微微笑着，仔细把毛衣叠好，放进手提袋，说："我前面就到站了，有机会去我们那玩。"

男人帮女人把皮箱送到车下，说："我回去也得叫我老婆给打件毛衣。"

车走了，站台上的人散去。女人孤单地拉着箱子在缓缓地前行。

站台上卖食品的中年妇女认出了她，说："回来了，这次打的毛衣又给谁呀？"

女人面无表情，随手把手提袋往中年妇女的怀里一扔："给你了。"

女人走去，伴着她的是一盏盏与她一样孤独的路灯。

负债

　　牛娃进了新房也不敢相信眼前这个俊俏水灵的女人就是自己的媳妇了。

　　牛娃家境一般，快三十的汉子了也没个女人相中。那日赶集回村天色渐暗，在林子岭上，看到了几个汉子拉扯一女子，女子又喊又叫，牛娃便吼了一声：弄啥呢？几个汉子胆怯了，骂了几声钻进林子去。牛娃好人做到底，将那女子送回了家。第二天，来人登门道谢，牛娃这才咧大了嘴巴，原来昨晚自己救下的女人竟长得这般俊俏。女人是方圆几十里的美人，提亲说媒的踏破了门，女人就是不动心，死心塌地嫁了黑牛娃。

　　牛娃拥着女了嫩白的身子，说：你，咋会看上俺，年轻俊俏的后生多着哩。女人只抿嘴笑，瀑布般的秀发埋在牛娃厚实的胸里，牛娃就晕了。

　　牛娃娶了个漂亮媳妇，村里的年轻人忌妒的眼都红了，有事没事爱往牛娃家窜，办个事跑个腿的比牛娃还勤快，牛娃就老大的不愿意，有时故意摔摔打打的，年轻后生脸皮也厚只当看不见。牛娃钻进被窝里有时数落女人几句，女人也不顶嘴，只是抿着嘴笑，牛娃就没了脾气。

　　新婚的劲儿还没过，村里人结伴出去做工。牛娃本不想去呢，想想挣来钱也好给媳妇扯几身新衣裳，家境也得改变改变。就咬了牙报了名。牛娃重新装实了门闩、门锁，交代女人不要早出晚归，回家就要上门栓。女人使劲点头，给牛娃的短裤上缝上了一个红布袋袋，让牛娃装好钱，别丢了。牛娃就抱紧了女人，翻来覆去地折腾到半夜。

　　牛娃走了两个月，女人规规矩矩的，有后生挑逗骂俏，女人只是红

着脸低着头匆匆离去，从不接腔。后生就嚷：娘的，能和牛娃女人睡一觉，枪毙了都值。三伏天的夜，闷热。牛娃女人早早洗漱了躺下，屋里实在太闷，便支起了窗子。女人沉睡之中就觉得身子被人压住了，嘴也被人堵住了，她挣扎着又捶又抓，但那人力大气壮，女人终于支撑不住。女人嘤嘤地哭，女人哭到天明，渐渐平静下来，梳洗好，第二天就跟没事人一样。

牛娃半年后回来，女人的腹部就已微微凸起，牛娃乐得猴孙了似的。没几天，牛娃的脸就阴沉下来，牛娃二婶说，傻娃子，算算日子，这也不像是你留下的种呢。牛娃就向女人发脾气，问女人是不是做了啥对不起他的事。女人就使劲摇头。牛娃问急了，女人就掉泪，牛娃心就软了。胖嘟嘟的儿子从女人肚里落下来，牛娃乐得在床上拿大顶。后生们就损牛娃，咋看着不像你呢？牛娃就问女人，人家咋说儿子不像我呢？你没给我戴绿帽子吧？我外出做工半年，有啥事没有？女人还是使劲摇头。

孩子大了，家境好了，牛娃的媳妇却病倒了。进了县城，请了大夫，大夫摇摇头说，太晚了，准备后事吧。牛娃天塌了般哭了三天三夜，女人自己很平静。给孩子做了三套棉衣棉裤，给牛娃缝了一套新衣裳。女人弥留之际，牛娃在她床前，问女人还有啥交代的还有啥事没对牛娃说？女人摇摇头，无血色的脸上滑过一丝微笑。牛娃就撞着自己的脑袋说：我对不起你呀，那晚是我偷偷搭车跑回村里，我怕你对我不忠哇。我想让你负疚一辈子，欠着我，死心塌地跟我好，可你为啥不说，为啥不说呀……

女人听不见，女人安详地去了。

送女人出殡那天，牛娃穿上了女人为她做的衣裳，忽然觉得衣兜里有团东西，掏出来一看，是一块红布。牛娃记起这是缝在自己短裤上的那块红布。牛娃这才明白，这么多年来，这笔债一直是自己在背着，而且还要背下去。

牛娃大恸。

胡二妹

胡二妹是胡一哥的妹妹，一位漂亮的山村姑娘。胡二妹的美是没有雕饰过的那种原生态的美，那种美会让你只专注欣赏和呵护，而没有非分和邪念的蛊惑；不像城里的女人，美丽是现代化物资堆积出来的，男人对她的欣赏是情欲占了绝大部分。胡二妹的周身散发着令人痴迷野花般的体香，与你说话时嘴巴散出的味道都是清新绿色，不像城里的女人，远远就能闻到让人窒息的香水味，满嘴巴都是用口香糖清理过的。

胡二妹被我看得不自然了，水灵灵的大眼睛忽闪着，说老师，干嘛总看我啊。我笑了，说，我不是看你，我是看到了久违了美丽。胡二妹说，我不美，城里的女人才美哩。我告诉她，她的美是创造的美，城里女人的美是复制出来的。二妹听不明白，但是知道我是夸她，羞涩地笑了，白玉米一样的牙齿整洁饱满。

二妹是胡一哥的妹妹，胡一哥给我们杂志社写过小说，我是他的责任编辑。在僻壤的山村，报社和杂志社在农民心中是很神圣的地方，从神圣的地方来的人也都是很神圣的人。二妹晚上竟然要以身相许，报答我对他哥哥的恩情。虽然二妹被我劝走了，但二妹哭了。

山村的早晨和它的夜晚一样的幽静，增加了的是更多的鸟鸣。村子脚下，一条山溪玉带般弯弯曲曲流向山外。我来到山溪边，看到了正在溪边洗衣服的二妹。二妹穿着一件蓝底白花的夹袄，把长辫子盘在脑后，婀娜的身姿有节奏的轻盈晃动，莲藕般的手臂熟练地拧着衣物，衣物上的水珠珍珠般闪着光泽撒落溪水中，真美。二妹见到我，羞涩地笑笑，看得出，她还有些不高兴。我蹲下身子，举起澄澈的溪水，痛痛快快地洗了脸。

多么柔顺的一条小溪啊。我蹲在二妹的身边。二妹递给我一条毛巾，拢拢额前的刘海，说，要是遇到暴雨山洪，山溪跑起来吓人哩。二妹告诉我，她父母因病去世的早，她是跟着哥哥长大的。哥哥把所有的心思都放在妹妹身上了，快30的人，还没有张罗媳妇。二妹说，她10岁那年夏天，山里下着暴雨，雷电满山的劈。她急病发烧，浑身烫得像刚烤出的山芋。哥背着她去镇上的医院。小溪已经变成了一条翻腾的青龙，木桥早被冲得没有了踪影。太危险了，她哭着劝哥哥不要去医院。哥哥把一根绳子系在腰间，另一头捆绑在溪边的一棵大树上，对妹妹说，待在家里只有等死，要死咱也死一块。哥哥紧紧地抱着二妹，不知被洪水冲倒了多少次，身上不知被山石磕碰划伤了多少处，终于渡过了山溪，把妹妹送到了医院。医生说，再晚一点，小姑娘的命就保不住了。

二妹说着还是显得激动，为了哥，我做什么都值。二妹是在说昨晚的事吧。

我说，就是为了报答哥哥，那样做也是不值得。二妹认真起来，停下手中搓洗的衣物，说，值得，咋不值得。我从来就没有看到过哥是那么的高兴。那天，哥拿着你们出的那本书，高兴得满村子跑，晚上请了全村的人到家里喝酒，哥给村里人读他写在书里的小说，哥从来不喝酒的，那天他喝得都吐了，说你就是他的大恩人。我说，我是编辑，就是专门负责给人看书稿的，这是我的工作。小说是你哥写的，那是你哥哥的本事。二妹说，我哥说了，没有你的帮助，他长不了本事。

我摸出手机，一点信号都没有。

二妹瞥了一眼我的手机，用手指着远处说，那玩意在山下不好使，要打电话得到山头上去。

我说，那你哥是怎么接我的电话的？

也是要到山头接的。山顶有个看林的人，他的手里有你拿的那种电话。我哥说老师要在电话里辅导哥写小说，哥就扛着一袋核桃去找看林的人，哥给你留的号码就是看林子那人的。

是吗，怪不得每次给胡一哥打电话，都要等上好长时间。

我问，看林子的人怎么通知你哥去听电话呢？

二妹说，看林子的人有个铜锣，他敲锣，我哥就知道了。

我觉得挺有意思，用古老的击鼓传花的形式与现代化信息融合到一起，显示出山民的智慧呢。

正说着话，隐约听到了咣咣的敲锣声。我问，这是不是叫你哥哥哪？

二妹收拾起洗好的衣物，撅起红润的小嘴，说，不是。晌午，我给你擀豆面条吃。

我回到院子里，看到蓝底白花的小袄在山间往山顶上移动。

二妹回到小院时，满脸的不高兴。我故意逗她，二妹，是不是去会相好的了？

二妹杏眼一瞪，呸，他才不是我的相好呢。

不是相好，还跑那么远去看人家啊。

二妹用力地揉着面团，说，自从看林的人让我哥听电话，他就提条件，要我也去陪他说话，他说，整天一个人，连说话的人都没有。

我好像明白了，刚才那锣声是叫你的？

是，叫我哥叫我的锣点不一样，你听不出来，哥也不知道。

这个看林人倒蛮有意思啊。

二妹脸红了，说，看林人，不老实，有时就搂住我亲我的脸，还动手摸我的胸脯。为了哥，我忍了。

吃过饭，我与胡家兄妹告别，又听到山头传来声声铜锣声。走过胡家兄妹的视线后，我拐道向山头盘走，我要去会会这个看林人。

一首最浪漫的诗

岸子总感觉自己的婚姻缺乏浪漫情调。那晚天高云淡月晴，岸子从电影院出来，自己还沉浸在《泰坦尼克号》那断裂的甲板上，片中那悠沉凄惨的音乐还在她耳边绕环挥之不去。岸子眼睛湿湿的，情不自禁地将头靠在自己男人的肩膀上。男人笑了，轻轻拍拍岸子的头，怎么，还没缓过劲来，那都是编导们瞎编的。岸子的情绪给破坏了，你这人怎么一点情调都没有。岸子离开男人，自己朝前走去。岸子总感觉自己的婚姻缺乏浪漫情调。闲暇，岸子独自静静地回忆，二十八年的春夏秋冬茫茫然然，没有一段时光是值得她特别留恋的，她和自己的男人从相恋到结合，留给她的只是香香嫩嫩的"东坡肉"的味道。

岸子技校毕业分到了准备车间上班，一个班要翻几吨的料，车间跟岸子上一个班的大男孩总是默默帮着岸子，尤其是岸子身体不适的日子，大男孩就一个人将活大包大揽下来，岸子就特别感动。岸子上了半年班，外地的父母来看望岸子，岸子就请大男孩到家里吃饭，感谢他对自己关照。岸子母亲不熟悉市场，采买时只买回了两斤五花肉，岸子皱眉头，这么肥的肉，怎么吃嘛。大男孩说，没啥，没啥，我来做吧。吃饭时，岸子第一次尝到大男孩烹的香喷喷的肥而不腻甜咸可口的"东坡肉"。岸子的父母乐得合不拢嘴，夸大男孩的手艺好。岸子一下就迷上了大男孩的"东坡肉"，过一段时间就买点肉让大男孩做一顿解解馋，后来就干脆只开口让大男孩去买肉做饭一条龙服务了。

岸子总觉得自己的婚姻缺乏浪漫情调。那年，岸子母亲生病，说想岸子，还说特别想吃"东坡肉"。岸子就扯着大男孩去了家里，大男孩就做了"东坡肉"，岸子母亲吃得满脸开花，病也好了许多。在又一次"东坡肉"的回味之中，岸子就躺在了大男孩的床上。岸子以后的日子就跟这"东坡肉"有了割不断的联系。

也许是吃"东坡肉"的缘故吧，婚后的岸子越发出落得漂亮。厂里重新组合，岸子就去了厂办。岸子进了厂办觉得自己男人太没情调。办公室除了主任是个半老头子，大家都是年轻人，整日嘻嘻哈哈热热闹闹的，日久生情便有些浪漫故事来。秘书浪子在一些小报上发表了几首小诗，整天以诗人自居，后脑勺上还扎了一撮小辫子，发疯地爱上了厂长的千金。一天一首爱情诗，写得人都有点神经了，厂长的千金却挽着一位丧偶的大款走进了结婚礼堂。浪子那份痛苦哇，像死了亲娘老子。岸子看着心痛，让男人做了东坡肉带到办公室。浪子就在"我怎么能吃得下啊"的声讨中，一把鼻涕一把泪地将肉吃了个精光。岸子劝浪子想开点，天涯何处无芳草。浪子就直愣愣地盯着岸子看，看得岸子心慌意乱。第二天，岸子在自己的抽屉里发现了一首诗，岸子虽然有些懵懵懂懂，但那表达的意思，岸子清清楚楚。这个浪子，岸子没往心里去。次日又收到一首诗，岸子心里竟有了说不出的一种滋味。情人节，岸子在抽屉里看到了一枝玫瑰。岸子回到家，对男人说，今天是情人节。男人说，那都是外国佬搞不正当关系的事。岸子说，你这人真没劲。男人笑了，没劲？吃点这个就有劲。又端上了"东坡肉"。我不吃，我减肥！岸子一夜未眠。

岸子提出和男人分手时，男人并没有表示出多大的惊讶，只是静静地望着岸子。岸子佯装轻松地笑了一下，以后吃不到你做的东坡肉了。男人说，都怪我，没有教给你。男人搬走时，留给岸子一封信。岸子打开信：东坡肉操作方法

五花肉 500 克（到东城市场第一家肉店买，店主是遵纪守法个体户，不卖病死猪）

葱 100 克，姜 50 克（东城菜市场一排第 5 摊，大婶的菜从不缺斤短两）

白糖 50 克，酱油 50 克，花雕酒（在西城超市买，正宗无假货）

将五花肉切成半寸见方的块（应该是一寸见方，你说最好是两口能吃一块）

葱切成段，姜切成片，铺垫在砂锅下（砂锅沿有个小豁口，注意别划着手）

肉块皮朝下，摆放在葱姜上，放入白糖、酱油、花雕酒。大火炖开30分钟，小火慢炖120分钟。（你总是着急，炖不到火候，肉里的肥腻赶不出来）

岸子，和你在一起的日子，最开心最幸福的事就是看着你开心地吃我做的东坡肉，你多保重。

岸子拿着信给浪子，你看，你看啊。浪子看了看，这是什么玩意儿。岸子说，这是我收到的一首最浪漫的诗。岸子哭了。

风沙掩埋的情仇

几个牧民在荒丘放羊，忽然发现有两具木乃伊静卧在半坡上。各路专家闻讯纷纷赶往现场。

两具木乃伊保存完好，面部轮廓鲜明，是一男一女。男的胡须清晰可见，女的面容姣好，皮肤纸一样薄，黑发向脑后束在一起。令人惊奇的是，那具女木乃伊伏在男尸的上面，张着的嘴吻着男尸的脖子。专家认为两具木乃伊在地下埋藏有两千年以上，之所以保存完好是因为当地沙漠干燥的盐碱地造成的，很具有研究价值。

当地人不在乎有没有研究价值，只知道这是一个卖点，是开发旅游产品的一个好噱头。两具木乃伊被移进了博物馆，并用玻璃罩封起来，博物馆的票价也随之提高。

来参观的人不少，但是大家都觉得意犹未尽。两具木乃伊是什么关系，为什么会依偎在一起，他们有什么故事？

博物馆出高价征集有关两具木乃伊的故事资料，最后一名历史小说家演绎了这样一段爱情传说。

故事发生在西汉末年。伊和木是青梅竹马的好朋友，伊端庄可爱，美貌绝伦，木英俊潇洒，才华横溢。两家也是世交，伊的父亲和木的父亲同朝为官，从小就给伊和木订下了亲事，长安城里的人都夸赞两人是天造的一对地设的一双。

岂料，木的父亲因上奏折举报地方大员贪腐行为，得罪了权势，遭到小人诬陷，被罢免官职，贬为庶民，驱出长安城。伊的父亲怕受连累，要伊解除与木的婚约，断绝与木家的一起往来。伊不从，被父亲软禁在阁中。伊在丫鬟的帮助下，逃出了府邸，前往西域，寻找被贬的木一家

人。伊父亲派亲兵寻找女儿，为了了断女儿的念想，命令亲兵对木一家格杀勿论。

伊和木终于相见，两人抱头痛哭。伊发誓要和木不离不弃，生死在一起。为了躲避亲兵的追杀，两个人逃进了黄沙大漠。逃亡了三天，吃光了干粮，喝光了水。两人筋疲力尽，倒在沙漠中睡着了。木被窸窣的声音惊醒，看到一条毒蛇爬向熟睡中的伊，木用尽气力护住伊，双手攥住毒蛇，毒蛇在木的脖子上咬了一口。醒来的伊，看到木手中攥着死去的毒蛇和他脖子上的伤痕，明白了一切。她呼唤着木，用嘴在木的伤口上用力地吸吮着毒液。远处风沙卷起，淹没了这里的一切。

讲解员声情并茂的讲解，让参观的人哀叹唏嘘。

博物馆的夜晚很静，不同朝代的器物都有着灵性，在默默追忆久远岁月的往事。被讲解员演绎成爱情故事的木乃伊，也在还原着自己的记忆。

故事发生在西汉末年。伊和木是青梅竹马的好朋友，伊端庄可爱，美貌绝伦，木英俊潇洒，才华横溢。两家也是世交，伊的父亲和木的父亲同朝为官，从小就给伊和木订下了亲事，长安城里的人都夸赞两人是天造的一对地设的的一双。

王莽篡位，伊的父亲被杀害，木的父亲也被免去官职，发配边关。伊和娘寄住在木的家里。生活虽然贫苦，伊木两个人真心相爱。木发奋读书，立志有朝一日重振家业。

王莽的一员将军，巡查中看到了在草地上采集花朵的伊，垂涎伊的美貌夜不能眠。他以招天下贤士为由，把木纳入麾下，格外器重。整日酒筵不绝，美女簇拥，木开始堕落。

一日，将军设宴款待木，木喝得大醉，骂当朝皇上昏庸，贬父为民，发誓报仇，重振家业。木酒醒后得知自己的言行，大惊失色，前往将军府上请罪。将军以此为由，要挟木把伊骗到府上，供其享乐。木不敢不从，便把伊骗到了将军府，看着伊被将军强行欺辱。木怕事情败露，杀害了伊的母亲。

伊被囚禁在将军府，遭受了将军的百般欺凌。在一个丫鬟的协助下，伊逃出了将军府。将军派木带领士兵追杀，伊被逼上断崖，纵身跃下。

伊被山中道士救起，伤愈后就拜道长为师习武强身，练得一身本领。王莽暴戾专横，民不聊生，纷纷揭竿而起。伊告别道长，加入了农民起义军，伊骁勇善战，起义军连战连捷。

带兵来镇压起义军的正是当年欺凌伊的将军和他的副将木。长达数月的转战厮杀，伊率领的起义军大破敌阵，伊亲手把将军斩于马下。木带领着残余仓皇逃窜，伊一骑绝尘穷追不舍，三天三夜，打光了一兵一卒。又是三天三夜，跑死了胯下骏马。沙漠里，只剩下木拼命地逃，伊拼命地追。两个人都已筋疲力尽，丢掉了盔甲，扔掉了兵器，木在爬，伊也在爬。

木哭了，羞愧难挨，伊，我对不住你。

伊哭了，咬牙切齿，木，我要杀了你个败类。

木爬不动了，瘫在沙漠上，仰面朝天，我罪有应得。

伊爬到木的身边，张嘴咬住了木的脖子。

远处风沙圈起，淹没了这里的一切。

讲解员还在演绎着爱情故事，因为人们崇尚爱情，追求美好，宁愿相信一个虚假美丽的传说，也不愿相信一个真实的仇恨结局。

风沙又起。

俊　嫂

　　"你嫂子，那叫一个字，俊！"马哥说这句话的时候，一手托着下巴，一手夹着烟，眯缝着眼，轻轻地晃着身子。

　　马哥又说："深山出俊鸟，知道不？你嫂子可是我们那方圆几十里的一只俊鸟。这么跟你说吧，村长，厉害不？在村子里想要谁的女人都能搞到手。他当初就看中了你嫂子，下了聘礼。你嫂子对他就是一个态度，嘿嘿，不甩！气得村长骂爹喊娘，说看谁敢娶你嫂子。吓谁呀，你嫂子就认准我了，一分彩礼没要，嫁了！嘿嘿，好汉娶不到好妻，癞蛤蟆娶了个娇滴滴，你嫂子这朵鲜花就心甘情愿地插在我这牛粪上了。"马哥手里的劣质烟，燃着长长的烟灰似落非落，袅袅烟雾笼罩着马哥幸福的脸。

　　我问过马哥，嫂子怎俊，咋不带来让我见见。马哥捏灭了烟，说："媳妇是留给自己看的，那些影视明星和光屁股的模特才是供大家看的。你小子要是找媳妇，一定要让我给你把把关，低于你嫂子的标准，嘿嘿，免谈！"

　　三八妇女节单位组织活动，把我们几个单身汉也拉去凑热闹。我参加活动还得了个第一名，女工主任发给我两样奖品：一瓶沐浴露，一瓶洗发液。我把奖品给老张，带给嫂子。老张拿起沐浴露，眯缝着眼睛看了看，不屑地说："你嫂子才用不着这些玩意儿。你嫂子的皮肤像九月里的嫩玉米，掐着就出水。那身上的味道香香甜甜，我一闻就跟喝了兴奋剂一样。我咋舍得用这些化学药品去污染你嫂子呢。你嫂那叫啥，天生丽质纯天然，绿色的，知道不？嘿嘿。"马哥嘴里那样说，月末回家时，还是把两瓶"化学药品"仔细地放入包中带走了。周一上班，马哥给了我一双布鞋和几双绣花鞋垫，说："你嫂子让我捎给你的，说你心眼好。

快试试，合脚不？"布鞋穿在脚上很舒服。马哥灿灿地笑了："我就知道合适。我就比划了一下你的身高，你嫂子就做出来了。嘿嘿，你嫂子可不是那种绣花枕头似的女人，中看不中用。村里人结婚贴红双喜字，知道不？就你嫂子剪出的红喜字显得喜庆吉利。全村的年轻人娶媳妇，都到你嫂子这儿讨喜字。"

我真羡慕马哥。

马哥说："有空我带你回山里，见见你嫂子。"

车子在崎岖的山路上颠簸，我也随着车身剧烈地摇晃，心中忐忑。马哥的家在80公里外的山村。

马嫂出现在我面前时，我心中好大的疑惑，这就是马哥每天挂在嘴边俊过来俊过去的嫂子？这与马哥的描述和我心里想象的嫂子距离也太大了。

马嫂太一般了，典型的农村妇女的打扮。刚喂完猪，双手还抱着个陶罐，满脸疑惑地望着我们。我说明了来意，马嫂手中的陶罐摔落在地上，铺了满目的碎片。

回城的路上，马嫂紧咬嘴唇，不哭出声，任眼泪在脸上纵淌。

"你马哥，他怎么走的？"嫂子问。

"车祸，"我说。"马哥出差，回来的路上遇到暴雨，客车翻进了路边的深沟。马哥本来已经逃出了车厢，为了救车里的一个孩子，马哥又钻进了车厢，结果客车在雨水的冲击下又翻了个个，马哥就砸在了下面。乡卫生院没有血浆，又往县医院送，因失血过多，马哥他没撑住。"我拿出一个粉红色的发卡，"嫂子，这是马哥交给我的。"

嫂子凄惨地笑了一下，说："我只是说，村长家女人有这么一个发卡，挺好看。你马哥说他村长家的人能戴得，咱也能戴得。"马嫂默默地把发卡别在稀疏的头发上。

处理完马哥的后事，我用车送马嫂回家。马嫂说："这几天忙坏你们了，别送了。我这几年都没进城了，我想自己在你马哥上班的城里转转走走，搭上车就回去了。"

下午，我去市委送个材料，路过中原大厦，忽然看到嫂子，她右手按着左胳膊，刚刚从义务献血车上下来。

"嫂子，你，你来献血了？"

"刚好碰到这车。你马哥当初要是有我这几管子血，兴许就不会走了。"马嫂的脸上没有遗憾，红红的脸颊露出了灿烂的微笑。

我仰望长空，马哥，嫂子真的很俊。

秋　祭

　　我和红酒是朋友，红酒写小小说。

　　红酒笔下的故事，都是以相思镇为背景的。"小贱妃"是红酒一篇小小说里的人物。

　　当年，相思古镇有个唱青衣的女演员，饰演皇姑爱由着自己的性子来，她忘了自己是身穿日月龙凤衫的金枝玉叶，只要一出场，手端玉带侧身站定，就冲观众频频地抛媚眼儿，师姐给她起了个绰号"小贱妃"。"小贱妃"的戏格外出彩，观众喜爱，也惹得县里的一个头头儿春心荡漾。想对"小贱妃"非礼，岂料"小贱妃"戏里戏外两样人，义正词严地拒绝，全没了往日的妖媚惑人。

　　我赞叹红酒笔下的人物形象，也很想见识一下"小贱妃"的原型。

　　红酒认为我的想法可笑，那小贱妃是把舅舅讲的故事加工后虚拟出的人物，怎么能让你去现实中对号入座。

　　"难道不可以吗？我还去拜访过你小说里的人物二功子呢。"

　　红酒不再作声。

　　前年冬天，海外一个朋友看了红酒的小说《二功子》，专程从美国赶来要见见这个说书人。那天忽然飘起鹅毛大雪，去乡下的路很难走，车轱辘打滑，我们惊出一身冷汗。二功子听说是外国客人来访，高兴坏了，叫了几个朋友，就在土坯屋里拉开了场子，连说带唱了两个多小时，恨不得把自己的绝活都使出来，引得海外的朋友直翘大拇指。回到城里，我们全感冒了。红酒说只当是为申报非物质文化遗产做了点贡献，这个贡献的代价是她咳嗽了两个月，挂了十多天吊瓶。

　　周末，我和朋友相约去相思古镇寻访一座明末清初的古戏楼。时至

晚秋，天已渐凉，道旁的白杨树在秋风中抖索着，枯黄的落叶在瑟风中飘零。垂暮泛黄的野草却显得精神饱满，摇曳着坚韧婀娜的身姿，不卑不亢地凄凉着。

古戏楼孤零零出现在村口，看上去比我想象的还要沧桑。戏楼是两层土木结构硬山式建筑，下面的一层据说是演员起居和放置道具的场所，二层就是演出用的戏台了。台子上的楼板已经破裂，围栏也腐朽不堪，两根柱子上有楹联一副，字迹依旧遒劲飘逸：是虚是实当须着眼好排场，非幻非真只要留心大结局。

村里人见有陌生的面孔来访，便三三两两地聚过来，好像也是第一次看到古戏楼子，与我们一起转悠看。

"这里唱过大戏吗？我觉得这不过是民间艺人的杂耍地方。"

"唱过！全本的《穆桂英挂帅》《西厢记》《铡美案》都唱过，你们不知道，听老人说起先这戏楼子对面是东大庙和昭帝寺，再往前两里地就是清代商铺一条街，繁华得很。每逢大集这儿都唱大戏，一唱就是七八天，热闹着哩。"

"噢，那你们听没听说过，当年剧团里有个绰号叫小贱妃的在这里唱过戏？"

村人摇摇头，这是明清的戏楼，几十年前被当作学校，后来成了危房，学校早搬走了。

我走到二层的戏台前，凭栏眺望，想象着当年的繁茂风华，禁不住唱了几句现代京剧。

我的朋友经不住我的怂恿，也来到台前，唱了一段《梅妃》：

下亭来只觉得清香阵阵，整衣襟我这厢按节徐行。
初则是戏秋千花间弄影，继而似捉迷藏月下寻声……

朋友喜欢戏曲，大学里曾修过此类课程，程派的韵味还是有的。我叫了声好。

村民都是在豫剧曲剧窝子里泡大的，对京剧没有多少概念。唯独一个背着柴草的老婆婆似乎听得很专注，还轻轻地点着头合着节拍。

"婆婆，一看就知道您懂戏啊。我这位朋友唱得怎么样？"

婆婆说："程派，唱得还中，就是神态不像。"

"哈，真遇到行家了。婆婆，您给指点指点。"

婆婆环顾四周，犹豫着。

"婆婆，我们从城里来，专们来访古戏楼。看这戏楼子多年没有琴鼓声了，它寂寞着哪。我看您老懂戏，也来一段吧，也不枉这戏楼子在咱村口矗立了几百年。"

婆婆让我说动了心，放下柴草，掸掸褂子上的浮尘，伸手捋了捋头发，蹒跚着走上戏楼。就在她往台中央一站的那个瞬间，我们都惊呆了，只见她全无了不安和拘谨，一个亮相，开口唱的是《西厢记》里的红娘：

怨只怨你一念差，乱猜诗谜学偷花。

果然是色胆比天大，黑夜深入闺阁家。

若打官司当贼拿，板子打、夹棍夹、游街示众还带枷。

姑念无知初犯法，看奴的薄面就饶恕了他。

一曲唱罢，竟然往台下丢了个飞眼。我们大声叫好。

村民说："还不知道怡萍她娘会唱戏哩。她闺女怡萍在剧团唱戏，多少年也没唱出个啥样法。听说傍了个大款，立马就出名了。在城里买了房子买了车，要接她娘进城享福，她娘死活不去还把闺女给骂走了。"

婆婆走下台，朝我笑笑，又佝偻着身子，背起柴草郁郁而去。

品咖啡时，我把经过告诉了红酒，我说："她肯定就是当年的小贱妃，假如她当初能灵活些，别得罪了权贵，现在也不至于落到这种地步，没准还在舞台上风光哪。"

"人，总要活个气节吧。"红酒不再搭话，凝神望着窗外，轻轻地唱了两句。什么词没听清，只是觉得那曲调除了低回婉转外还有些许惆怅忧伤……

秋 荒

我和非鱼是朋友，非鱼写小小说。

非鱼说，写字写累了，找个地方采采风，轻松轻松。

"好啊。"我们开始合计着去哪，我这座城她来过多次，该玩该转的也都去了，她那儿也游了几次，没啥新鲜感了。

"要不，就去你的荒岛吧。"

非鱼笑了。非鱼有篇小小说《荒》，一个叫民的人，为了躲避现代城市的喧嚣，去了一个荒岛。又耐不住一个人的寂寞，只好又叫来一个女人。结婚生子，不断的引入各类人物，在自己千辛万苦营造出来的现代化岛国里，重新陷入人类的尔虞我诈勾心斗角，不得已只得再次逃遁。

"人是耐不住寂寞的，能耐住寂寞的不是人，是神。没人会喜欢荒岛。"非鱼说。

我说："不见得，我的朋友何乃儿就特别的怀念荒岛。"

何乃儿是个女孩，是个不漂亮的女孩。何乃儿知道自己长得不招人待见，因为连女孩子也不愿意同自己玩。何乃儿更多的时候都是自己在屋里看书。

女友来找何乃儿了，说准备去死海泥湖玩，涂一身黑泥巴，还护肤美容。何乃儿被说动了心。准备行程的前一天，萌萌忽然来电话，吞吞吐吐地说，同去的几个男同学说人多了，玩着不方便。何乃儿晓得是男同学不愿意自己加入，她豁达地对萌萌说，你去玩吧。我也有了另外想去的地方了。

何乃儿看着自己准备好的行装，心里有些沮丧。她看到晚报广告栏里介绍了一个新开发的海滨景区，闲着也是闲着。自己就去玩一趟。

随团行进的路上，大家又说又笑，却没有人与何乃儿搭腔。何乃儿还听到几个男孩不怀好意的说笑。那个白胖子还夸张地说，可以降下波音747了。他们是嘲笑自己的胸脯平展，缺少女人特征。她装作什么也没有听见，看着窗外海滨的秀丽风景。

在海边戏水满惬意的，四个男孩忽然租来一只橡皮艇，招呼着还有谁愿意上来。何乃儿就跳了上去。白胖子说，追降啦。他们哈哈笑着，发动皮艇驶向太阳滑落的地方。皮艇离海岸也越来越远。他们这才发现，刚才还明媚的天空不知何时已经变得乌云密布，黑压压的云仿佛伸手就可以触摸到。他们慌了，赶忙找桨划水。雷雨风暴顷刻间就光临，小艇在风浪中任意颠簸，如一枚飘零的树叶。他们喊着叫着哭着，都无济于事，皮划艇将他们翻入大海。

他们清醒过来的时候已经在一片沙滩上，这儿是个孤岛。谁也说不清楚是怎样在海浪中逃生的，大浪几乎扒光了他们身上的衣服，只有白胖子绷在身上的T恤还在。

何乃儿双手紧紧抱着胸，坐在一块岩石上，干瘦的身躯瑟瑟发抖。白胖子忽然脱掉了自己的T恤，走到何乃儿身旁说，穿上吧。何乃儿套上T恤，宽大的衣服穿在何乃儿的身上就像披了一件道袍。

雨停了，风还在刮。瘦子找了个避风的地方，大家挤了过去。瘦子说，反正也睡不着，我们讲故事吧，什么都行。大家就轮着讲自己的事情。何乃儿说了自己的故事，因为我长得不招人喜欢，所以没一个朋友。瘦子说，其实，你的皮肤挺好，又白又细。胖子说，你的头长发又浓又密，我可以摸摸吗？何乃儿说，可以啊。瘦子说，我们四个围成一圈，把何乃儿围在中间，会暖和一些的。何乃儿连忙摆手，不行不行。胖子说，怎么不行，你就是我们的公主，还搂住了何乃儿的肩膀。何乃儿小鸟依人般倚在胖子身边，几个男的竟然有些嫉妒了。

第二天，风和日丽。孤岛上的风光绮丽无比。何乃儿说："我们现在只有等待救援了。与其坐等，还不如我们游游这个小岛哪，好歹我们跟它也是有缘的。"大家同意，就沿着岛屿游玩，一边还采集着能填肚子的野菜，鲜嫩的野菜都先给了何乃儿。何乃儿很高兴，告诉大家，今天是自己二十岁的生日。真的？几个男的开始分头采集野花，瘦子的手很巧，编织了一只绚丽多姿的花环，戴在了何乃儿的头上，几个人把何乃儿抬起来，一边走一边唱着祝你生日快乐。何乃儿感动得眼泪都跑出来了。

忽然，远处有了船的影子。大家欢呼着又跑又跳，奔向海边。上了船，何乃儿发现自己头上的花环掉在了沙滩上。何乃儿撒娇地说，我的花环，谁去把人家的花环拿过来。船上的男孩就跟没有听见一样，看也不看何乃儿。何乃儿自己跳下船，把丢在地上的花环抱上了船。一路上，没有人再和何乃儿说话，直到上岸分手，也没有人和何乃儿道别，仿佛形同陌路。

何乃儿时常坐在靠近窗边的竹椅上，出神地望着挂在窗棂上的一只花冠。花冠是用野草野花扎成的。野草早已枯黄，野花也枯萎得如干瘪的姜皮。何乃儿望着花环发呆，她总念叨着还想去那个带给她快乐的荒岛。

非鱼听完故事，没有说话。

我说，想好了没有，到底去哪啊？

非鱼说，热闹的地方。我们去看菊展吧。

古城汴梁，菊花如海，人流如云……

压 腿

王孩唯一的锻炼方式就是压腿。

老街地面金贵，寸土寸金，跳蚤能撒尿拉屎的地方也都建成了门面商铺。老街人能去休闲散心溜达锻炼的地方，也就是青年宫前那片广场了。

王孩每天早晚都要到青年宫广场来压压腿。青年宫广场始建于二十世纪五十年代初期，后来又经过了多次扩建，场面大了，游乐设施多了，绿化的也很现代，但是依旧保留着青年宫的老式建筑。

王孩每天压腿的位置都是不变的。青年宫大门的左侧，有一排铁栏杆，栏杆高低不等，据说是以前为孩子们练功压腿拉伸用的。栏杆已经被岁月打磨得油光锃亮，能映出来打压它的人的身影。

过了天命之年的王孩压腿的水平已经很到位了。他先把左腿放在栏杆上，先慢慢地扭动扭动腰，然后双手缓缓地抱住左脚，侧脸贴在腿上，眼睛正好注视着青年宫的那两扇刷着朱红漆色透着年久岁月的木门。这姿势别说是年过半百的人做，就是小青年没个三年五载的也拿不下来。

王孩每次压腿，都会把他的思绪扯回到很遥远的过去。

那时，王孩还是个孩子。孩子时期的王孩还处于精神生活和物质生活都很匮乏的年代，除了听收音机小喇叭广播，王孩最大的乐趣就是去青年宫看别人排练节目。青年宫对所有的孩子都是个神秘而又令人向往的地方。在青年宫里弹琴跳舞唱歌的孩子个个都牛皮哄哄的，尤其是有演出时，化好了妆的少男少女到街口买些小吃，撅着涂了口红的小嘴，叼着豆腐串的样子嚣张得很。

王孩喜欢看青年宫里一个扎着小刷刷辫子的女孩，那女孩一双圆圆大大的眼睛，眼睫毛又密又长，两眉之间还有个调皮活泼的黑痣。女孩总是喜欢在栏杆上压腿。王孩觉得女孩压腿的姿势优美极了，他就躲在女孩身后的冬青树丛里看她压腿。王孩不敢让别人看见，怕人家说他流氓，偷看女孩子。

每天看女孩压腿是王孩最快乐的事情。放了学，王孩都要绕道从青年宫广场走回家，如果女孩在练功压腿，王孩就一直看到女孩走进青年宫的门里才回家。因为回家晚，王孩常挨妈妈的训骂，王孩还是痴心不改。有时几天见不到女孩，王孩心里就有些许少年的惆怅。

为了能天天见到女孩，王孩也去青年宫参加考试，想加入少年艺术团。王孩和一群孩子在老师的引导下，模仿着做各式各样的动作。老师叫来了女孩，说，你给他们做个劈叉。女孩干脆利落地就压下了腿，轻松得就跟做了个后转身。王孩龇牙咧嘴两腿僵得跟木头棒子似的，怎么也压不下去。看着女孩起身亭亭玉立轻盈地走了，王孩委屈地掉下了眼泪。

王孩没有被少年艺术团挑中，王孩认为是因为自己不会下腰劈叉的缘故。王孩下了决心也要学会劈叉。王孩在冬青树丛里看了女孩压腿的动作，女孩走后，王孩就把腿架到女孩压腿的栏杆上，咬牙用力压腿，妈呀一声，王孩就跌倒在地，把腿给拉伤了。一拐一拐地回到家，把他妈妈吓了一跳。到了医院看了医生，吃药打针在家里休养了半个多月。

王孩没有再见到女孩。王孩腿好了后，又去青年宫，栏杆前没有了女孩。是不是病了？演出去了？连着几个星期都没有见到女孩。王孩从青年宫的老师口中得到消息，女孩因为爸爸调动工作，转学去了南方。是哪个城市，王孩没有记住，反正是个挺有诗意的名字。

王孩沮丧透了，几天都打不起精神。放学了，他还是到青年宫去，虽然看不到女孩，依然要去。王孩常常把腿放在栏杆上，望着青年宫的大门，轻轻地压着腿，脑海里浮现出女孩清晰的神态。小学、初中到高中，王孩就这样消磨了。忽然有一天，王孩发现自己也能像女孩一样双手合拢竟然能抱住自己的脚了。王孩扶着栏杆试探着下腿，也很容易的就完成了劈叉的动作。

王孩工作，恋爱，结婚，生子，抱孙子，生活改变了许多，可是到

青年宫去压腿的习惯从未改变，刮风下雨也没有间断过。

王孩压腿的功夫吸引了不少的中老年朋友，他们都跟着王孩学压腿。人老先老腿，腿不老人就不显老。看人家王孩，五十多岁的人，依然像四十来岁的壮年。压腿吧，压腿有好处。来压腿的人很多，但是，王孩压腿的那节栏杆从来没有人占过。王孩即便是来晚了，那地方也给王孩留着。

有一日，王孩正压着腿，听到一个女人动员另一个女人也来锻炼压腿。女人摆摆手，说不中了，年轻时还行，现在腿都不灵活了，医生说多吃钙片，我得去药店买盖中盖。

王孩扭头望去，心里打了个激灵，那笨拙的胖女人，两眉之间有一颗调皮活泼的黑痣。

王孩心里疙疙瘩瘩的，第二天竟然破天荒的没有去青年宫压腿，以后也不再去了。再以后，常见到王孩去药店。问他买啥药？王孩无精打采地说，盖中盖。

跟不上的节奏

我最敬佩田晓静。

田晓静的父母都是教师，她家里有排高高大大的书柜，里面堆满了各种各样的书。上小学时，田晓静就会给我们讲《三国演义》和《水浒传》的故事。每天放学，我们都围在她身边，听她绘声绘色地讲武松打虎，火烧连营。她讲着讲着，接不下去了，就从书包里拿出一本小人书，认认真真地看一会，我们大气都不敢出，田晓静看完了，想一想，就又接着给我们往下讲故事。我特别羡慕田晓静的书包，她的书包就像是图书馆，总是有看不完的小人书。

田晓静的字写得漂亮，她的作文也总是被老师当作范文在班里朗读。我暗暗地和她较着劲，我觉得她的进步都与她看的小人书有关。我也开始攒下零花钱，去新华书店买小人书看。我也会在放学路上绘声绘色给同学们讲故事了，我发现人家田晓静的书包里已经不放小人书了，而是一本厚厚的跟砖头一样的长篇小说《林海雪原》。才刚上五年级，那么厚的书能看懂吗？田晓静不屑地说："你还看小人书啊，那都是供小孩子的。"听她口气，她已经是大人了哩。

上高中时，我被琼瑶阿姨那一堆言情系列折磨得如醉如痴，都到了忘我的地步，还破天荒地逃了两次学，为了看那部电视剧《月朦胧鸟朦胧》。田晓静总为我书包里放着的琼瑶小说大惑不解，说我能不能提高点档次，看看真正的文学书。我问她什么是真正的文学，她张口说出一大串外国作者的名字：卡夫卡、海明威、马尔克斯……听得我头都大了。她说中国就没有什么真正的文学巨著，整个文学创作都是从西方学来的，连文学创作理论都是拾人牙慧从西方照搬过来的，你好好读读他们的著

作，你就会发现中国的文学创作是多么幼稚可笑。

　　田晓静的确了不起。同学小花的姐姐生了个小孩，孩子满月时，我们去小花姐姐家喝喜酒。小孩长得可爱极了，大家都用美好的词来赞美，像花一样漂亮。田晓静轻轻地抱着孩子，用手指轻轻地触摸孩子嫩嘟嘟的小脸，轻轻地说：你看她长得多么的妖娆。小花的姐姐激动地抱住了田晓静，说："你说得太好，我就琢磨着给孩子起个啥名呢，就叫她饶饶吧"。田晓静让我佩服还不止一次呢。八月十五，班里组织大家赏月，以月亮为主题吟诗唱歌，热闹得天翻地覆。有人提议说班长田晓静还没有出节目，该她出个节目。田晓静仰头望着夜空中的一轮皓月，只说了一句话："多美啊，美得那样收敛。"立刻鸦雀无声，大家都被这别样诗的语言震住了。

　　我总以为田晓静会成为一名优秀的作家。高考时，她放弃了喜爱的文学，考了青年政治学院，还是枯燥无味的哲学。我倒上了一所名牌大学的中文系。田晓静说，什么人才去写小说，肯定是无聊的人，太无聊了就去编些无聊的故事，什么人去读小说，肯定也是无聊的人，太无聊了就去看些无聊的故事。大学毕业后，我们搞了一次同学聚会，我也可以张口罗曼·罗兰，闭口艾米莉·勃朗特，口若悬河地大谈现实主义后现代派。田晓静低着头，专心地在看一本厚厚的书，我悄悄地坐在她身边，说："大哲学家，又看什么书呢，不会是加入了无聊队伍了吧"。田晓静矜持地笑了一下，说："没什么，随便翻翻。"我拿过书一看，是《厚黑学》。

　　田晓静的节奏总是比我们快。我们张罗着谈对象、结婚、布置新家时，田晓静已经是市里一个部门的局长了，我们的联系也就渐渐少了，不过，她仍然是我崇拜的对象。田晓静的进步很快，已被列入副市长的后备人选了。我在检察院工作的一个同学，好像听说了一些对田晓静不利的消息，我把田晓静约到咖啡厅，旁敲侧击地提醒她。她还是从容自若的神态，处事不惊的风度，宽慰我不要替她操心。还夸我比以前进步了，没有掉队。

　　果然就出事了。在政府换届前，田晓静被检察机关带走了。不但查出了经济问题，还有生活作风问题，而她快四十的人了还是个单身。最

后判了几年，我也不知道。原来想去看看她的，可人家落难时去看望是否有幸灾乐祸的嫌疑呢。加上我单位也要提拔我当副局长，上上下下打点，这事也就过去了。

前几日，我到旧货市场闲转，在一个卖旧书的摊上瞎翻，忽然看到了一本《厚黑学》，翻开扉页，签着一个漂亮的名字：田晓静。我想问摊主价钱，摊主正聚精会神地津津有味地看着一本小人书——竟然是田晓静。

妻子的逻辑

　　单位分了新房，家家都忙着安装防盗门，我家例外。

　　妻子说，我的逻辑，越是保险越是不保险，就咱家不安防盗门，比谁家都保险。我相信妻子的话，妻子的逻辑总是正确的比率大于不正确的比率。妻子爱逛商店。妻子逛游商场总爱往墙角旮旯之类的摊位上钻。说这类摊位的货价要便宜些。因为这类摊子地段不好，租金就便宜些，生意就淡得多。租不到好段位的主大都是没啥门子的老实人，买他的货是抬举了他，让利就大方些。果然，妻子的逻辑在逛商场时屡试不爽。去菜市场买菜，最厌恶的就是缺斤短两。妻子买，很少会有这种现象。一样菜，小贩要八角一斤，她不会去讨下三分五分，总是一句话，不与你讨价，只要够称。妻子说："我的逻辑'堤内损失堤外补'，你压人家的价，当然得从称星上补回来。我价钱掏得高些，买得心安理得，你价钱压得低些，买了也疑神疑鬼，心里不踏实，那不是省钱买罪受？"我真佩服妻子。

　　我家不安防盗门，最着急的是对门二胖。二胖摇着扇子，光着膀子，短裤箍在肚脐一扎之下："我说刘哥，怎么着，买得起马配不起鞍？一个防盗门值几个钱？我有哥们儿，安个门比谁家的都便宜，我给你联系一个？"妻子说："胖子，你别费心了，我的逻辑，防盗门也是防君子不防小人，偷盗的人，博物馆的文物都拿走了。你信不，若真是有贼光临，准是先撬你的门。这就跟你们男人进舞场，总想请舞厅内最漂亮的小姐跳舞，上次在舞厅，你为了……"二胖摆摆手："得了，嫂子，嘴上留情吧，媳妇知道了中午的饺子也甭吃喽。"二胖出了门，嘴里还说好心当作驴肝肺呢。

后来发生的事，果然被妻子不幸言中。

那几天妻子就觉得不对劲。楼下一个收破烂的已经来过两次，每次啥也没收到。妻子说："楼下那收破烂的不地道，我的逻辑，收破烂应该去旧楼收，要搬家的人该扔的扔，该卖的卖，该送的送，人大方也不计较。咱这楼都是刚搬进来的，既然都搬来了，还有啥破烂要扔？没准是个踩点的呢。"妻子拎着几个酒瓶几本杂志，拉着我下了楼，妻子与那收破烂的咨询行情，在一只酒瓶是一毛五还是两毛上争来争去。妻子说："你不容易，我们也不容易哇，两口子都下岗了，吃喝都成问题，上楼去看看，家家都有防盗门，就俺家没有，咱不怕贼偷。哎，你刚才算得不对，四舍五入，你还欠我一分钱。"妻子很在乎地要回一分钱，扯着我上了楼，回到屋，妻倒在沙发上笑出了泪。

楼里失盗了，七家的门被撬。我住的单元除了我家完好无损，其余四家都遭难。派出所来了人，查看了现场，一民警特别详细地问了我家的情况，出门时摸了摸门框说："你家为啥不安防盗门。"我竟一时语塞。妻子说："对门安了防盗门不是一样得劳你大驾跑来辛苦。"民警直了脖子瞪着眼嘴里却说不出话。

妻子为自己又一次的正确逻辑沾沾自喜，我却一点也高兴不起来，倒觉得欠了人家什么似的。我去找二胖主动帮助他分析案情线索，二胖爱搭不理的摆弄自己的防盗门，我帮助马师傅将煤气罐抬上四楼，马师傅连个谢字也没说，关门的声音还特别响。常约我打牌的几个牌友另寻同盟将我"开除"了，没事就找我"切磋切磋"围棋的小孙也另谋高人了。最可气的是晾晒的衣服掉在楼下，我下楼捡衣服的时候里，妻子那条白裙子上竟被踩上了两个大脚印。去单位上班大家看我的眼神有些异常。三两人聚在一起叽叽喳喳，我一走到眼前，人便散开。下了班，从前和我一道走的同事总是找个借口或提前或拖后，把我孤零零撂在路上。妻子说："这是心理变态，我的逻辑，除非咱家也被盗一回。"我就盼星星盼月亮地盼着梁上君子也能光顾我家一回。那次在菜市场与马师傅碰了个头顶头，我竟有些歉意地说："您瞧，这盗贼也不再来一回。"马师傅说："这叫啥话，你嫌我家丢东西还少哇。"我说我不是这个意思，可我那意思越说越没意思。我觉得只有我最有义务也最应该维护这栋楼的平安。我睁大了眼睛盯着每一个来我们楼上的陌生人。那天我在楼下乘凉，见一女的手里提着啥东西要上楼，我就蹑手蹑脚跟在后面一直上了五楼，那女的敲开了马师傅家的门，扭头朝后看了一眼说："舅舅，你楼下是不是有个精神病？"

有天下午，下着细雨，我从单位赶回家关窗子，上了楼就觉得不对劲，我家的屋门开着，锁是被撬坏了。被盗啦？念头一闪，我就兴奋地叫了起来。"我家被盗喽，我家被盗喽。"邻居们围了过来。丢什么东西没有，我查查箱子看看抽屉，没有，看来小偷还没来得及下手。可得多留神呢，最好还是安个防盗门，我连连点头，晚上，我找到二胖："跟你朋友说一声，给我安个防盗门，价钱高低不在乎，只要结实。"二胖拍拍胸脯："包在我身上。"第二天上午就来了人叮叮咣咣把防盗门给装上了。大家对我又像从前一样亲热。

夜里，妻子枕着我的胳膊说："咱家的门是我撬的。我的逻辑，你会高兴的。"有泪落在我的胳膊上。

迷住了一个漂亮女孩

　　枯燥乏味的旅行中有位漂亮女孩相伴，还有什么能比这更令人惬意的呢。漂亮女孩拥在我身边，我禁不住热血沸腾心潮澎湃浮想联翩。我想应该找个话题引起她对我的注意。

　　邻座的长脸男人吐出的劣质烟雾呛得女孩轻轻地咳了一下，我对长脸男人说，人多空气不好，少抽两口对你的身体也有好处。长脸男人看看我，又瞥了一眼女孩，不情愿地灭了烟。女孩感激地冲我笑笑，迷人。我说我们国人就是缺少素质教育，在国外，当着女士的面抽烟是要经女士同意的，否则可以要求赔偿。女孩又笑了笑说你懂得真多。女孩说我懂得多，这让我有点热血沸腾。我快四十的人了，还没有哪位漂亮女人正儿八经地夸奖过我呢。我能不激动吗？我站起身说，姑娘你坐。女孩犹豫了，好几个小时的路呢。我看出女孩的疲惫，说坐吧。在国外把座位让给女人那才是绅士风度。女孩坐下了，说你对国外的礼节还知道的挺多啊。你一定出过国。我随嘴就溜，那是。人家日本的礼节最讲究，男人到家，女人给脱鞋宽衣。男人不坐，女人不敢先坐，男人不吃，女人不敢先吃。长脸男人带着讥讽地口气说，那你怎么给女人让座，搞颠倒了嘛。我说这叫外国的经验与中国的实际相结合。哇，我能摆出如此经典的绝句，感觉找到了。

　　我问女孩在哪做事，女孩说在北京。我问她做什么事，打工，给人做保姆吧？女孩又笑了，差不多啊。我忽然有了一种责任感，以长辈地口气说："要多学些文化知识，你还年轻，总不能一辈子当保姆啊。你瞧，国家发展很快啊，都加入 WTO 了。你知道什么是 WTO 吗？就是外国的东西都不要税了，出国也不要护照了。像你就可以到国外打工，给美国鬼子做保姆，赚美金。"是吗？女孩咯咯笑了。我打开一听饮料，递给女孩。女孩接过饮料，说谢谢，我急着赶车一路小跑，真渴了。女孩喝了个痛快。我高兴，这女孩一点都不设防。你们女孩出门在外，可不能随便喝别人给的饮料，万一遇到歹徒给你麻烦了，拐卖了你都不知道。女孩瞪大眼睛：啊，那么可怕呀。谢谢你提醒我。大哥，我看你是个大好人啊。我又激动起来，男人四十一枝花啊，我还是有魅力的：姑娘，回家看父母？女孩说是啊，两年没回家了。我觉得应该拽几句抒情的词，可一句也想不起来。真后悔把时光都耗在麻将桌上了，书到用时方恨少。好在一个当保姆的女孩好蒙。是呀是呀，我国古代大诗人李白就说过月亮有圆有半圆，人有分分散散，这事古难全啊。女孩半张着嘴，两眼直直地看着我，呵呵，被我震住了。

有漂亮女孩相伴，时间过得就是快，三个多钟头，女孩该下车了，我不禁有些遗憾。帮女孩提行李时，我看到女孩的包上别着一枚校徽：北京大学。你是大学生？女孩莞尔一笑，我在北大读研究生，古典文学。这是我编的书，中国古典名篇赏析，送你留个纪念。望着女孩漂亮的背影，我半天泛不过劲来。她听我瞎摆呼一路，她傻啊。长脸男人揶揄道，给人家让了座，谁傻，现代女孩最时髦的就是装傻。亏你还是出过国走南闯北的人呢。

啊？啊！

着 急

马荔着急啊。自我感觉一肚子的笔墨文才就是显露不出来，单个字写出来都挺好，组合到一起就不是个东西。西部都大开发了，自己这片"处女地"就是找不到开发者。马荔长得不漂亮，可还不到对不起观众影响市容的地步啊。怎么给自己牵线的不是死了老伴半个身子在筛糠的半百老汉，就是嘴流口水说不上三句完整话的弱智青年。马荔着急啊，咱内秀啊。都说作家没美女，连男人都懒得去骚扰的女人才能安安静静地写东西，只有在文字的海洋里她们才可以为所欲为把自己身体和男人身体一部分一部分的糟蹋。马荔不是美女，应该是作家啊，马荔着急啊。

马荔能不急吗？马荔写了篇文章《一县之长》竟然在一家杂志社举办的征文中获了奖，更要命的是通知她到她从来没有去过的遥远的城市去领奖。通知要她寄几张近照，以便杂志社的人到车站接人"对号入座"。马荔除了身份证上那张比"劳改犯"只差不强的照片，还没走进过照相馆。马荔让照相馆的化妆师体验到了什么叫"艰苦的工作"，整整4个小时化妆师才给马荔捣腾出样来。摄影师几乎就没怎么招呼，霹雳咔嚓就把马荔打发了。

马荔着急啊，着急的是自己去参加这么隆重的会议，竟然没有几个人知道。马荔拿着通知书找到公司老总请假，老总看也没看说：一周的假你的部门经理就可以批。马荔当然知道，但是她还是逐个去请示了3位副老总、纪检书记、工会主席和5位副处级的调研员。马荔跟部门经理告了一周的假，还向两位副经理一位经理助理打了招呼。马荔同部门的所有男同胞详细地讨论了要去的城市的地理和天气情况，又向所有的女同伴认真咨询了服装和穿戴问题，连被糖尿病折磨得在家休养的就要退休的古大姐也被马荔电话骚扰了 10 分钟，告诉古大姐自己要去开颁奖会，一周内就不会去打电话问候大姐了。马荔走出单位大院，看到收发室的老胡头。马荔热情地和老胡头打交道，一脸严肃的向老胡头请教作为单身女人出门应该有那些注意事项，以防不测。老胡头很耐心，从出门坐车到吃饭游玩絮叨得马荔都不耐烦了。老胡头望着马荔远去的背影摇着头嘟囔着：你还会有什么不测呦。

马荔着急啊，车厢里南来北往的人，竟然不知道他们中间有一位正去领奖的女作家。马荔有意把获奖通知书夹在一本文学名著的扉页，名著显眼地放在茶几上。左邻右坐的或看报或看花里胡哨的杂志或闭目养神，没谁借她的名著看。马荔不止三次的假装翻书把那张获奖通知书掉到地上，邻坐的人只是提醒她东西掉了，没谁帮她拾。最后只好自己说，也没什么就是一张获奖通知书。没人接她的茬。马荔下了车才着急呢，转了两圈找不到接站的人。电话里约好了，会务组派人来接站的啊。马荔通过广播找人，声明自己在站口左边石狮子下，不见不散。过了一刻钟，一个小伙子手里拿着照片，小心翼翼的上下打量了马荔一番：你就是马荔？马荔还幽了一默：是啊，我比萨达姆还难找吗？小伙子说：和照片上判若两人啊。直到把马荔送到宾馆也没再说一句话。

马荔在宾馆里急啊。杂志社请来了不少各地有名的作家，马荔都得去拜访啊。马荔拿了本子见门就敲，头一句话就是：我是写《一县之长》的马荔，敬慕老师的大名，能给我签个字吗？头天晚上马荔转了 2 层楼，第二天又转了 3 层楼，第三天她自己也不知道哪些转了哪些没转，反正闲着也是闲着，干脆从头再来。最后一核对，有的作家给签了 2 次或 3 次名，还有 18 个名字对不上号，到服务台一打听都是些普通住客。马荔这个气啊，自己竟然让"18 个伤病员"过了回明星瘾。散会时，大家都知道了到处找人签名的马荔，只是都用"一县之长"唤她。

马荔着急啊，回到单位又回归到原来单调的轨道上，获奖之行没有给她带来丝毫的改变。人们也没多问马荔的远行情况，只是翻翻马荔带回的签名本，说上一句：作家的字也不怎么样啊。倒是老胡头隔三差五就问马荔那一路有没有啥不测，好像马荔没发生什么不测倒挺遗憾的。烦得马荔上下班都躲着老胡头。市作家协会举办文学讲习班，通知马荔参加，马荔更急了。躲在屋里一整天练习签名，在本市自己应该算"著名作家"啊，前来讨教的文学青年还能少吗？会上，马荔也学给自己签过名的那些作家的样子，待在房间里等待那些慕名者。可会议快结束了，也没有一个人登门拜访，一个名也没签出去。散会时，马荔在房间里收拾东西，听到走廊里叽叽喳喳喧闹声，一帮小青年在告别互留联络方式。马荔觉得这是最后的机会了，她走过去说：我写的一县之长在外省的杂志上发表还获了奖。要我给你们签名吗？马荔还主动地准备好了签名用的笔。大家奇怪地看着马荔，嘻嘻哈哈地离去。马荔浑身燥热刺痒，回到屋里扒开衣服一看——大冷的天竟然出了一身痱子。

马荔着急啊！

陌生人敲门

屋外很热，蝉在唱——热啊……热啊。屋里很凉爽，空调卖力地献着殷勤。

敲门的是个姑娘，额头上渗着细麻麻的汗珠。你好，你是萌萌吗？我是莉莉，小学的同学啊。

萌萌迟疑了，莉莉？噢，快请进。

哈，萌萌，快二十年不见了，变化好大，漂亮啊。在街上我是不敢认你了。

是啊，我也认不出你啊。

两个姑娘坐在沙发上，开始的拘谨被凉爽的微风吹散。萌萌，知道我怎么找到你的吗？还记得不记得咱班那个外号叫"小鬼子"的男孩丢丢？

哦，萌萌摇摇头。

咳，就是给我写纸条被老师罚站的那个阮丢丢。

萌萌似是而非地点点头。

这小子现在混得不错，在做一家装修公司。他那天告诉我，说萌萌住在这个小区。我们都快二十年没有见面了，今天就专门来会会老同学，也给你赔礼道歉。

萌萌给莉莉剥橘子，给我道歉？道什么歉啊？

就是那次学校文艺演出啊。咱班的歌舞表演蓝精灵。你是跳蓝精灵小妹的，可是我太喜欢蓝精灵了，特别是喜欢最后的蓝精灵小妹的劈叉，特想去显摆显摆。我就让妈妈去找了班主任。我妈妈和咱班主任是同学，班主任就调整让我去演蓝精灵小妹了，你伤心地哭了。咳，这事让我特

内疚，总想找个机会给你道歉。初中我们就分开了，一直也没有再见到你。快二十年了，这件事像块石头压在心底就是不痛快。一听丢丢说你住在这，我这就冒昧地找来了。问了好几栋楼。萌萌，真的对不起啊。

莉莉眼睛红了，晶莹的泪珠在晃。

萌萌揽住莉莉的肩膀，咳，我根本不记得了。不过蓝精灵的歌还记得，还是经常地唱：

在那山的那边海的那边有一群蓝精灵，

他们活泼又聪明，他们调皮又灵敏，

他们自由自在生活在那绿色的大森林，

他们善良勇敢相互关心。

噢，可爱的蓝精灵，可爱的蓝精灵！

两个姑娘开始小声地哼哼，接着放开了声，唱的泪流满面。萌萌的妈妈从里屋出来，说两个疯丫头，鬼叫似的，也不怕邻居笑话。

妈妈问莉莉，你家住哪？爸爸妈妈做什么工作啊？你在哪上班啊？

萌萌不高兴，妈妈，你是不是有查户口的瘾啊。怎么我的同学朋友一来，你就是这一套啊。你老人家去歇着吧，我们说自己的话，你别总在这里当代沟好不好？

妈妈嗔怪地瞪了萌萌一眼进了里屋，萌萌做了个鬼脸，两个姑娘又笑成了一团。

莉莉问萌萌，有男朋友了吧，啥时间叫来面试面试。

萌萌笑了，还没有啊，马上就成剩女了。我妈天天吆喝我。只要是男同事来家里她就认为是我带的男朋友，对人家可热情了。搞的几个男同事都不敢来我家，说我妈热情得让他们受不了。

萌萌问，莉莉，你的白马王子找到了吧？

莉莉说，你猜猜看。哈画个范围，咱班的。

萌萌挠挠头，小学班里的男同学我还真没有什么印象。不会是你说的那个小鬼子丢丢吧？

莉莉说，丢丢也是我的崇拜者之一。追了我好几年，现在还黏黏糊

糊的哪。我看上的是咱班的文体委员，又高又帅的马骏。记得不？

萌萌摇摇头。

马骏你不记得了？满肚子的坏点子。上高中三天两头给我写纸条，也不知道从哪抄来的那些肉麻的情诗。我一气之下就交给了老师，说你有本事来点原创的好不好。老师让他在班上做检查，他在班上真的来了首原创的：写信正当午，吓得面如土，谁知意中人，居然是叛徒！

两个人笑得前仰后合。

后来，毕业了。我上的中专，他上的技校。两个学校离得不远，经常来往，就处出感觉来了。

看得出你很满足，很幸福啊。

莉莉说，知足者常乐吧。毕业也找不到像样的工作，我就在老街的丽京门下开了一个寿司店，现做现卖，年轻人还挺喜欢的。店名就叫小丸子。哈哈，马俊说这个名字好，和我的长相差不多，到处都是圆圆的，像个丸子。我今天还特意给你带来了一盒，尝尝，我的手艺如何？

莉莉打开食盒，五颜六色的寿司真的诱人胃口。萌萌说，我吃了啊。手已经捏起一个放进嘴里，点点着头冲着莉莉伸大拇指。

莉莉说，我该走了，还要去备些货。萌萌，见到你真高兴。

萌萌说，莉莉，我大概不是你要找的那个萌萌。

莉莉爽爽地笑了，我也感觉到了。没啥，我真的很高兴，认识个新萌萌，而且我们都喜欢蓝精灵啊。再见了，想吃寿司去找我啊，暗号，蓝精灵。拜拜。

萌萌的妈妈扯住还在愣神的萌萌，萌萌我跟你说，以后不准给陌生人开门，更不能邀请进家里了。你了解她吗？你知道她来什么目的吗？是不是有什么动机，是不是来踩点啊，现在受骗上当的人多了，你听到没有？以后不准给陌生人开门。

屋外很热，屋里很冷，萌萌不禁地打了个寒战。

哇　噻

哇噻！让人头发梢都可以直立起来的叫喊声从我的脖子后面传来。

我扭过头，背后挂着一张漂亮的脸，满脸惊喜、渴望。

您是我县的作家韦达先生吗？看到我肯定地点点头，她又惊喜喊了一声：哇噻。

我满足地笑了，这小小的县城想出名真是太容易喽。我不过是自费出版了一本小说集，虽然只印了 500 册，县电视台的一个同学非得给我做个专题节目，昨晚一播放，今天走到街上就有许多我冲我指指点点。做名人的感觉真好！真没想到，在这里能遇到您这样的大作家。女孩长发披肩，黄色 T 恤衫，牛仔裤将修长的腿绷得紧紧的，满脸流露着钦慕。

"别叫我大作家，我不过是随便写了点东西，让出版社有了点活干而已。"说这话我自己都觉得腮帮子发酸。

"您真幽默。原来大作家和我一样平易近人嘛。我还以为你们都是那种扎个小辫子，穿着十几个口袋衣服的样呢。"

天真可爱，我喜欢牙齿洁白整齐的女孩。

"我也是个文学爱好者，您能给我些指教吗？"女孩明亮的眸子很迷人。

"当然可以，培养文学青年是我们这些人义不容辞的责任，文学世界片天空迟早是要由你们这些文学青年来支撑的。"

"哇噻！我太幸福啦。"女孩那兴奋的样子，好像眼前站着的是鲁迅。

"我从书上看到，好多大作家都有自己的写作习惯，有的喜欢泡在浴缸里写作，有的喜欢在餐厅里蘸着果酱面包圈写作。您有什么写作习惯吗？"

"你说的那都是外国作家的癖好。我的习惯就是睡觉，每当写不下去时我就闷头大睡，一觉醒来，灵感便至，便一泻千里收不住笔了。"

"可是发表难啊。我写了几首诗，寄给报社，连退稿信都没有，听说不认识编辑不给编辑送点礼，人家根本不给你发稿子。"

"那是对你们这些文学青年。我的稿子编辑们抢都抢不到的呢。我手头就有几篇小说，几个报社杂志社都要来，我就是不给，急得他们轮流请我吃饭。有一次我去杂志社送稿，杂志社人都下班了，我就从门缝里塞进了半部小说的稿子，杂志社的总编急得提着大包小包的礼品登门要另半部小说的稿。你知道，那期杂志因为有了我的那篇稿子，销售量一下增加了十几万份。"

"哇噻！"女孩合掌又欢叫了一声。我喜欢她这样欢叫，听着舒坦还特时髦。"你看，我们总不能就这样站在街上谈。咱们国家人出了点名，日常生活就要受到许多拘束，一会儿围观的人多了，会有许多麻烦。"我建议女孩和我一道去一家酒吧坐一会，谈一谈。"哇噻！"女孩受宠若惊地又欢叫了一声。"能和大作家单独进晚餐，我好高兴好高兴噢。"酒吧的名字很暧昧，酒吧内部的装饰也很暧昧，招待小姐超短的裙子，低露的领口很容易让你想入非非。昏暗的灯光下，女孩潇洒地托起酒杯，一饮而尽，毫不设防，我觉得往下发展也许会有故事。

"大作家，您能给我签个名吗?"女孩酒喝多了，说话舌头都不利索了。

"当然可以，可惜我今天没带书出来。"

"呶，签这。"女孩用手指着胸前。我还只是在电影里看到过追星的女孩子让名人签字在大腿上的事。这合适吗? 女孩大大方方的走到我脸前，挺起了被黄色 T 恤衫绷鼓着的胸脯。我又欣喜，又有些慌乱，拿笔的手有些发抖，女孩的长发挨着我的脖颈，我的手碰到了女孩丰满的胸脯。"将来我登门拜访，您不会不认识我吧。""不会的，只要你穿着这件衣服。"

"哇噻！太棒了，他们会羡慕死我的。可嫂子会吃醋吧?""不会，我们已离婚几年了，我们俩没共同语言，文学是项寂寞的事业。"

"哇噻！"女孩竟撅起圆圆的小嘴在我脸上嘬了一下。

我浑身发热，又劝女孩喝了几杯。我等待的故事并没发生，女孩就像突然出现在我面前一样突然消失了。我心中有说不出的空怅。

几天后，我下班回家，屋里一片狼藉。我吃了一惊，连忙查看，现金不见了，金银细软不见了，连衣橱里的几套高级服装也不见了。忽然，我发现书桌叠放着一件黄色的 T 恤衫，那上面有我的签名，有我留下的电话号码和住址。

我不禁大喝了一声：哇噻！

精　神

　　老街，最热闹的时分是傍晚。

　　微风习习，远山如黛。街心休闲花园的居民散步、下棋、打拳、闲聊，很是惬意。最耀眼的当属海霞率领的轻舞队了。轻舞队的老人一身艳红丝绸唐装，白色舞鞋，两把淡绿色绸扇，轻歌曼舞，不但跳舞的人如醉如痴，就连围观的游人也禁不住随着音乐轻轻晃动似仙欲飘了。

　　吴妈回到家里，换下舞服，对缩在沙发上的老伴说："老南，你整天像个乌龟似的趴在河滩上，等着产蛋啊。去参加海霞的轻舞队吧，活动活动身子骨啊。"

　　老南扭头看眼吴妈，不屑地说："我参加她的舞队？开什么玩笑。老子当年在舞蹈队挑大梁，她还是黄嘴雏鸟哪。"

　　吴妈笑了："老南，人家黄嘴雏鸟可是演的吴琼花，你大梁扛的是南霸天啊。"

　　老南伸伸脖子，要说的话又噎回去了。

　　老南不姓南，只因在舞剧《红色娘子军》里饰演南霸天，被大家称为了老南。

　　老南和海霞当年都在市歌舞团舞蹈队。老南虽然年轻却是舞蹈队的"元老"，海霞还是个学员。团里排演舞剧《红色娘子军》，老南无疑是男主角洪常青的扮演者。但是在上头审查时，老南被拿下了。原因是他个头矮，比饰演南霸天的演员矮一头。英雄人物怎么能被反动派压住呢。老南也没办法，只好更换了角色去演南霸天了，饰演吴琼花的就是刚入团的新人海霞。

　　老南去花园看了海霞的轻舞，对海霞说："老了老了你还是改不掉耍

俏的老毛病。都老婆子家了，那臀扭得还那么夸张，开什么玩笑，收敛些好不好哇。"

"老南，该怎么显摆是我的事，你有本事也拉起个队来，咱比试比试呗。光说不练嘴把式啊。"

"开什么玩笑，你以为我不行啊。明天我就拉起个队伍，让你知道什么是高档次。"

第二天，老南还真的组织了一帮人开始起舞了，取名为劲舞队。劲舞队一身银白绸衫，手持三尺宝剑，剑柄红色流苏醒目提神。老南设计的套路，飘逸遒劲，动静自如，自然引来众多围观者。

老南当年是舞蹈队的业务指导，没有演上洪常青，心中不忿，就对替代他演洪常青的演员横挑鼻子竖挑眼，弄得人家见老南就跟老鼠见了猫似的。海霞年轻气盛，常常为人家打抱不平。老南就让海霞加班多练，说海霞动作太夸张，胯扭得幅度大，你是军人，不是富家小姐。老南要打磨她的锐气。海霞被怼的掉眼泪，便在和老南的对手戏里故意跳错踩他的脚。老南不管排练多晚，都要亲自把海霞送回家，下雨天，为海霞撑着伞。海霞家里做好吃的，总是要给老南带一份。

歌舞团团长有意为老南和海霞撮合，老南心里愿意，面子上还拿着架子，说："不是不可以考虑，让她提出来吧。"

"人家小姑娘脸皮薄，你主动些嘛。"

"开什么玩笑，我脸皮厚啊。"

团长找海霞，海霞说："世间没有树缠藤，他愿意让他说嘛。"

两人谁也不捅破窗户纸。老南见海霞没什么动静，故意对其他的女演员显热情，多关照。

海霞就挽着演洪常青的男子在老南的眼前晃来晃去。

真着假着，拖着怄着。老南最后娶进门的是舞蹈队里的小吴，海霞就嫁给了那个伴演洪常青的。怎么说也得高过你南霸天。可是洪常青娶了海霞，还是怵老南。本来，洪常青在海霞的轻舞队，老南的劲舞队一拉场子，他立马叛变投靠了老南。

老南说："看看，你老公都成了叛徒甫志高，说明你的队不聚人气嘛。"

海霞说:"那是我动员他去的,给你个面子呗。"

省里举办群众文化活动调演,市里选中了老街舞蹈。市里说轻舞队劲舞队,一个柔美有余,一个刚劲过剩,最好是两个队组合到一起,各取所长。老南海霞常常为一段舞的编改吵得脸红脖子粗,甩脸各练各的。第二天,想想对方说得有道理,就不声不响地改过了。

参加省里调演,老街代表队得了一等奖。老南海霞上台领奖,老南说这奖杯的功劳有我的一多半。海霞不说话,干脆把奖杯揽到自己怀里,让老南两手空空不尴不尬地在台上站着。

别以为获了奖两个舞队就和谐了,没有。回到老街,还是各练各的,就连奖杯也是在两个队之间每周流动。

夕阳下,老南海霞还是你争我吵,各不相让。哈,争归争吵归吵,只要舞起来,满场都是精气神!

锁

上大三时，甲、乙、丙同时爱上了一个女孩，女孩的名字好听，叫夏冰，夏天的冰富有诗意又充满浪漫和幻想。女孩和她的名字一样漂亮。

甲、乙、丙都有爱女孩的理由。

甲英俊潇洒，歌唱得好，舞跳得好，还是校百米冠军，走到哪儿都会引来女孩的目光，大家公认甲和女孩是最般配的一对，绝对的"优良品种"。甲有更多的理由与女孩在一起，形影相随。

乙爱女孩爱得结结实实。夏天，女孩午睡，树上的蝉儿鸣吵得人心烦，女孩无意中说了一句，乙就每天中午拿着长竹竿在树下轰蝉儿，别说夏冰，与夏冰同一宿舍的女生都感动得掉泪珠子。

丙爱女孩爱得无拘无束，从不许诺什么，也从不和女孩订约，相遇一起他就会向你展示自己的风采，用女孩的话说，和丙在一起没有一点心理戒备，不会有一点精神负担，让人从心里往外舒坦。

毕业时，四人相聚一起，举杯痛饮。临别，女孩送给甲、乙、丙每人一把小铜锁，要说的都在锁里面，相约三年后，无论走到天涯海角，都要回到这里再相聚。

三年后，四人如约再聚。

甲已是一家科技公司的经理，他身边漂亮风姿绰约的妻子就是当年的女孩夏冰。

甲说：我苦思了一年，忽然醒悟，我找到夏冰，打开这把锁的钥匙就在你的手中，恳求你为我打开这把锁。于是，我成功了。只可惜搬了几次家，那把锁也不知道落到哪儿去了。

丙说：甲犯规了，提前行动，近水楼台。

甲很得意：重要的是把握机会，这几年的商海风浪也使我深刻体会到这一点，机遇对每个人都平等，不平等的是谁的眼疾手快，谁抓住谁就会拥有。

甲示威似的搂紧了夏冰的腰。

乙闷头不说话，打开一只精制的小盒子，里边是那把铜锁和一本诗集，诗集的名字就《锁》。乙在南方打工，业余时间便守着这把小锁抒发心中的思念，现在已是全国小有名气的诗人。

乙说：夏冰，夏天睡觉还烦蝉鸣吗？甲为你撵蝉吗？

丙说：夏冰，你比从前胖了些，噢，或者说丰满了些。还记得在学校听说吃苦瓜能减肥，乙每天提前到饭堂排队给你打一份苦瓜，那阵子吃得你脸都绿了。女同学嫉妒得要死，送给了乙一个绰号——大苦瓜。

夏冰说：丙，说说你自己吧，你过得怎么样？

丙叹口气，唉，只要你过得比我好。丙从包里拿出一条项链，递给夏冰。夏冰惊奇地瞪大眼睛，这项链竟是用许许多多的小钥匙串起来的。

丙说：我太高估自己的制作能力了。我想用三年时间自己来制作一把打开这铜锁的钥匙，可我没成功。什么也不说，钥匙代表我的心吧。

夏眼里盈满了泪水："你们能把两把锁还给我吗？"

乙和丙坚定地摇摇头。

乙说，它锁住了我的一段美好记忆，它也成为我创作的能量和灵感。

丙说，它给了我一个追求的过程。我还要继续制作打开它的钥匙。不爱有一千个理由，爱不需要任何理由。甲，你要好好待夏冰，真有一天我打开了这把锁，我还会来找你。

甲说，我没了锁，却也不需要钥匙了。

乙问甲，你除了拥有，还得到了什么？

甲迷惑了，怎么，难道拥有了还不够吗？

夏冰的泪漂亮地滚落下来。

裸

　　陆总的心情特别好，特别好的心情源于今天是他的生日，令他的生日这天心情特别好的原因是小倩邀他晚上光顾她的单身宿舍，并说要给他一个意外的惊喜。小倩顾盼流芳的眼神让陆总旌心荡漾，腹中有股暖气直抵心扉不禁扯着"沙撕秕哑"的嗓子哼了句：高兴，高兴，今个儿咱老百姓，真呀真高兴。陆总今天迈入四十五岁。四十五岁的陆总对自己走过的历程还颇满意。他是在"史无前例"的大运动中靠造反起家，进入了县革委会，任青年团委书记，作为接班人红极一时。那场灾难深重的浩劫结束后，他被搞撤职清退。当刚刚兴起个体办厂经商时，他瞅准了机会，挎着皮包公司狠狠地捞了一把，随后把钱用来投入到颇为外贸看好金刚砂厂，成为县城第一个个人资产超百万的大款。经过十几年的经营成了拥有千万元资产的首富。用他的话说，抓不住上层建筑，就抓经济基础。就靠着经济实力，他也变成了县里呼风唤雨的人物。陆总已经发福，大腹便便，脑瓜顶的头发已经秃光，只有周边的头发还在苦苦挣扎。他很会修饰自己，将一边的头发留得很长。然后向中间地带覆盖过来，说这是"地方包围中央"。像许多暴发户一样，一夜间富起来之后就不知道自己的档次该如何显示了，反正花钱多一般老百姓去不起的地方就成了他们显示身分的场所。桑拿城、夜总会总是他们借口去谈生意支开老婆去干偷鸡摸狗勾当的理想圣地。时髦的说法是活得潇洒。陆总是很潇洒的，夜总会的小姐们没一个不认识这位款爷的。陆总的精力很旺盛，即使是潇洒到深更半夜第二天也是准时六点起床，七点准时进到公司，吃小倩给他准备的早餐。陆总以前是不喝咖啡，嫌那玩意苦涩。小倩来了以后说咖啡可以提精神，总经理应该保持旺盛的精力。陆总就开始皱着眉咧着嘴喝了，而且不久就适应了。

小倩是陆总两年前收留来的。小倩以前是在县政府某局做打字员，长得漂亮，被称为"院花"，机关大院的一枝花。小倩让许多男人望眼欲穿，让许多男人为她献殷勤，可小倩高傲得像个公主，根本不把那些风流倜傥的男人放在眼里，却偏偏同局长——个长得歪瓜裂枣的老头子搞上了，还死心塌地，最难懂是女人心。而那局长只不过是换换口味玩玩而已，当倩的事开始影响到他的升迁之时，他毫不含糊地把倩给扔在一边，并给了倩两万元青春损失费，倩当着局里人的面将钱扔到局长身上。倩想到了死，死是一种最好的解脱。倩遇到了陆总。陆总劝倩的话语很简单，一个女人死多少有多少，又不是濒临灭绝的大熊猫，金贵得不得了。你死了对谁是个解脱？对那糟老头子才是最大的解脱。有本事从哪跌倒从哪爬起来。于是在陆总精心安排的一个饭局之后，那位局长便接收了一个包工头的小意思，不久局长就被请进了检察院与铁窗做伴了。倩就到了陆总的公司做事，用勤奋地工作报答陆总。

倩的工作只是打打合同文件，接待来访客户，打扫陆总的办公室，倩做得十分认真。倩只做她应该做的事，外出吃饭、跳舞，倩总是委婉而又态度鲜明地拒绝。陆总待倩不薄，给了高额工资，给了一套住房，还给了一辆进口的玲珑可爱的摩托车。倩依然很高傲，依然那么冷艳。陆总时常看着倩眼神就发直。陆总在生意场上混荡了十几年，什么样的女人没见识过。T型台上走着狐步一副尊贵相的女模特也在他出手小费的诱惑下投入怀抱。但倩不被金钱所惑。都说家的不如野的，野的不如偷的，偷的不如偷不到的。陆总对倩就有种说不清楚的渴望欲，他弄不明白一个被男人玩过甩了的女人干嘛还显得那么清高。陆总对倩格外的关心、照顾、爱护，往往在陆总觉得往下该有戏的时刻，倩的一声"谢谢"，便让陆总没了戏。陆总四十五岁生日这天，对倩说："今天是我的生日，老婆都忘记，回娘家去了。"倩的眼神一亮，说晚上下班，请陆总去她的宿舍，她要给陆总一个意外的惊喜。

陆总精心打扮了自己，晚八点准时走进了倩的房间。倩穿了黑色的紧身裤，米黄色的衬衫烘托着她那丰满的胸脯，浑圆的双腿。倩说："感谢您一年来给予我的一世，谢谢。"说着在陆总的脸颊吻了一下，说，

"你等一下再进来。"倩进了里屋并关了灯。

陆总心花怒放等得心急火燎。里屋传来倩的声音，一根火柴点燃了一根蜡烛。"祝你生日快乐，祝你生日快乐……"生日歌响起，屋里的灯霎时亮了，屋里正唱着歌的员工忽然惊愕地瞪大了眼睛，屋里静得瘆人，只有生日蛋糕上的蜡烛"滋啦啦"响着。

站在屋中间的陆总已脱得赤裸裸的，一丝不挂。

鳖 孙

鸦子从小就不是个省油的灯。

鸦子的家境不富裕，但是在乡下也算是小康。生下鸦子后，爹妈疼爱，溺爱有加，鸦子就被宠坏了。要高兴，他非得摔碎个碗，听到个脆响。十来岁了也不好好念书，成天追着丫头们要和人家亲嘴，人家不干，他就去捅人家窗户，点人家的柴火垛。街坊四邻就纳闷，说老实巴交的夫妻俩怎么就生下鸦子这么个鳖孙。

鸦子书没有念几年，就辍学回家，和村里的几个痞子偷东摸西，祸害乡邻。鸦子去老街玩了几次，别的没有学会，竟然学会了吸大烟。没几年工夫，家里的那点家当就被他吸光了，娘也被她气病了，无钱医治去世。鸦子爹万般无奈，只得把他赶出家门。"你这个鳖孙啊，死到外面别回来了。"

鸦子就到了老街混搭。来老街混搭的鸦子还是好吃懒做，啥也做不长。混饱肚子就如懒狗一般，缩着身子躺在墙根晒太阳。直到有一天遇到了老街古水码头的蔡老板。

老街的地理位置靠近洛河。洛河河道宽，河水深而平，是水上运输的绝好通途。老街商贾的货物大都是通过水运从四面八方抵达洛河码头。老街沿河有几个码头，就数古水码头最大地段最好。想抢占古水码头的人都是虎视眈眈。古水码头的蔡老板行伍出身，带着几个弟兄从在码头给人看场子做起，逐步扩充了实力，占据了古水码头，买卖做得很大，老街无人不晓。

蔡老板从狮子楼出来，就见到了蹲在墙根的鸦子。随手把吃剩的半只烧鸡扔给了鸦子，鸦子抬头看是蔡老板，把那半只烧鸡又给扔回去了，

说，没有酒，啥吃头啊。

蔡老板笑了，要饭吃的还嫌凉啊。叫店家端来一坛老酒。

鸦子依然不吃，说吃了这顿没下顿，不如不吃。

蔡老板说，听你的意思是要我给你找个吃饭的地方了。你会什么？

鸦子说，啥也不会，会卖命。

蔡老板说，怎么个卖法啊？

鸦子四处瞅瞅，捡起一个石块，"嘣"地就砸向自己的脑袋，鲜血四溅。

蔡老板寻思，这无赖也有无赖的用处。就收了他去码头货场看场子去了。

鸦子看场子挺卖力的，与来场子滋事偷摸的人敢破了身子上，经常是浑身带伤。蔡老板见这鸦子还算忠心，就调到身边使唤了，并传授他一些武艺。

鸦子靠着蔡老板在老街也渐渐地抖起了威风，并在老街置办了房产，要把乡下的爹接进城里住。鸦子的老爹进城住了些日子，还是觉得在乡下舒坦，临行前告诫鸦子，你个鳖孙能有今天都是仰仗了蔡老板，跟着蔡老板好好干。

鸦子看上了荣达杂货铺赛老板的闺女杏儿，便托了蔡老板去提亲。赛老板虽然不太愿意，可也不敢得罪蔡老板，自己的生意还多亏了有蔡老板的照应，便应允下来。蔡老板替鸦子下了聘礼，选了个黄道吉日成了亲。鸦子对蔡老板更是尽心尽力。

不久，蔡老板的跟班因故回了江西老家，就把鸦子唤到身边支应。鸦子如鱼得水，名声也能打出半个老街城。

蔡老板在老街的实力逐年扩大，收下了几个小码头，只剩下西关码头还在和蔡老板抗争着。生意不用太操心了，蔡老板把家眷从山东老家接到了老街。

鸦子见到蔡老板的女儿莺莺，两眼就直了，张着嘴流着口水。回到家就茶不思饭不想，有事没事就爱往老板的家里去，看到莺莺就挪不动步。蔡老板的夫人看出些苗头，就跟蔡老板说了。

那日，蔡老板给自己的爱犬洗澡，鸦子在旁边伺候着。蔡老板忽然

就用双手掐住了爱犬的脖子，一会工夫，爱犬就断了气。蔡老板拍拍爱犬的头，说："你千不该万不该，不该不小心咬了大小姐的手啊。鸦子，去把它葬了吧。"

鸦子只觉得脖子后面冒冷气，战战兢兢把狗抱出去，再也不敢轻易去蔡老板的家院。

西关码头的聂老板请鸦子在狮子楼吃饭，道出了鸦子的心事，说能帮助鸦子圆成好事，并给鸦子送上了十几根黄灿灿的金条。只要夺到古水码头，别说是个小小的丫头，这老街上所有的漂亮女人还不是随你挑随你选。

做掉蔡老板岂是儿戏，蔡老板自幼习武，功夫了得，刀枪不入。莫说你一个聂老板，就是十个八个也别想近他身边。

聂老板把一包药交给鸦子，只需每日在蔡老板的茶盅捏入一点点，三个月后他蔡老板也就回天无力了。

鸦子咬着牙，想到莺莺那姣美的样子，把药收入手中。

秋后，码头上开始忙碌，有人来寻事抢码头了。蔡老板带人来到码头，却被鸦子死死抱住动弹不得，一支长矛直穿蔡老板的咽喉。

鸦子强娶莺莺为妾，莺莺宁死不从，跳入洛河。

聂老板有了古水码头，就不再提鸦子的事情。鸦子找上门来，手下人问聂老板如何处置。聂老板喝着茶，说："连胜过亲爹的主子都能出卖，我要这号混蛋有什么用？废了他的功夫，给他些银两让他滚蛋。"

落魄不堪废了双脚的鸦子又回到了乡下。

年迈的老爹颤着手骂道，真是报应，真是报应，你个鳖孙终归还是个鳖孙啊。

笑不如哭好

这是我的一次真实的经历。去年的夏季特别的热，人整天就像被罩在蒸笼里，大家调侃地说每天都在洗桑拿。我的心情也如这闷热的天气一样，烦躁焦灼。不为别的，就因为我们这一茬的同学都道貌岸然地踏上了结婚的殿堂，有了卿卿我我的甜蜜小空间。参加了小猴子的婚宴，我成为唯一的单原子。小猴子搂着花枝招展的新娘得意地问我：歪哥，啥时候喝你的喜酒哇。我说喝你娘的头，丈母娘还不知在谁的腿肚里转筋喱。小猴子的新娘说：歪哥，我公司有不少好姑娘。我给你介绍一个。我不要，我相信缘分。

缘分果真来了。我在商场闲转，对漂亮的女时装感兴趣。一位正在试衣的女士引起我的注意，她一身淡绿色的连衣裙，秀发披肩，皮肤白皙，亭亭玉立。我在她身边徘徊，她似乎也很注意我，最要命的是她掏钱付款时竟然扭头对我嫣然一笑。妈呀，天上掉下个林妹妹啊。我马上还以微笑，而且我自认为笑得特灿烂，特妩媚，特煽情，嘿嘿特不要脸。我甚至恨不得把脸皮撕下来交给这漂亮的女士，她想要什么样的笑就扯成什么样的表情。漂亮女人对我的献媚不感兴趣，收拾好衣服径自出了商场。我失望到了极点，如同踏着梯子上树，就要够着桃子了忽然被抽掉了梯子。我目送她飘逸的长发由近而远，心也难受得如干瘪的茄子。就在我极度悲怆的时刻，奇迹又现了，漂亮女人在迈出店门的一瞬，又一次回头对我微微一笑。我差点晕过去，她真的对我有意思！

我快步跟上女人，主动搭话：姑娘，你好。女人不答话，脚步却加快了。我喜欢这样矜持的女人，跟谁都可以套近乎的女人哪能让男人放心啊。今天的天气真不错啊，自己出来买东西，带的钱够吗？只要女人

愿意，我立马把身上的二百五十一块四毛八分钱统统奉献。女人进了一家女性商品专卖店，我也跟进去。女人在内衣柜台前挑选着乳罩内裤，我有些犹豫该不该上前帮助参谋参谋。店里的顾客都是女的，有几个陪同的男士都伪君子般的立在门外。我看过资料，乳罩质量的好坏可直接关系到女性的身体健康。过紧或材质不当都会诱发乳腺疾病。既然她把我带到这来，我就有义务为她负责。我走过去问卖货的小姐：这东西是什么材料制作的？小姐笑了：先生，你想要什么材料的？我说要环保材料的，对人体没有危害的。小姐咯咯笑出了声：先生，我们这里卖的都是绿色胸罩。我一扭头，身旁的女人已经走了，嘿嘿她还不好意思呢。我连忙追出去，女人已拐进路旁的公共厕所。我蹲在公厕门耐心地等待，心里充满了对未来美好姻缘的憧憬。女人出来了，她已换了身衣服，就是刚才在商场里买的那一身，披肩秀发也盘到了头顶。怎么？考验我的眼力？呵呵，我想起春节晚会里的一个小品：你以为穿了个马甲我就不认识你了？我对女人说：你这一身打扮更具魅力。女人又是一笑匆忙走去，我也是紧追不舍。

女人脚步急快，在小巷里穿来拐去，像要跟我捉迷藏。我忽然冒出个念头，她会不会是个诱饵引我上钩，到时候有人抓我敲诈我？这种事报纸上可是经常登载的。我放慢了脚步，仔细观测着周围的环境。我放心了，因为一百米以外就是个派出所，大大的"110"报警牌子。我又跟上去，女人已进了一个小院。她推门进屋前，还是扭头对我璀璨一笑。我的心沸腾了，我大步走进院子，敲敲门：姑娘，姑娘，开开门，我来了。我把心带来了，我要把你的心带走。快开门啊。门开了，出来的不是姑娘，是两个彪形大汉。我还没明白是怎么回事，脸上就挨了一拳，我满眼冒金花。大白天就敢明目张胆地调戏我妹妹，揍！我大声叫喊着，你们敲诈，我要报警。两个大汉一人架起我一只胳臂：走，我们正要送你去派出所！

派出所里，接警民警听了我的叙述，看看我乌青的眼窝说：你啥眼神啊，人家那是对你笑呢？那女孩是面部神经麻痹，都治疗了几个月了。啊?!

民警问，你说怎么解决这事啊。我沮丧地说，怎么解决，我倒霉呗！民警嘟哝着，男人是怎么了，这事都是第五起了。我走出派出所的门，那漂亮女人就在门外，见我出来又是嫣然一笑，我的妈呀！

母亲泪

我记忆中的母亲从来没有流过眼泪。

二姨曾经对我说过，你母亲心硬呢，你姥爷走的时候，都没有见到她流泪呢。

母亲是心硬。我大哥当兵那年，南疆战事正紧。我和母亲送我哥哥去车站。欢天喜地的鼓乐声震耳欲聋，说话都要大声吆喝。旁边的一个阿姨对我母亲说，正打仗哪，你舍得孩子去啊？母亲当着哥的面说，不打仗当兵干什么？老大牺牲了，俺老二继续上。母亲拍拍我的头。

大哥真的留在了战场上。

我听报告说，大哥他们是唱着《再见吧，妈妈》趟入地雷阵的。当兵六个月，大哥走完了他十八岁的壮丽人生。母亲没有哭，母亲说，孩子肯定是要让他的父母为他自豪，孩子不希望父母为他流泪。母亲把大哥的相片放在案头，不让镶黑边。逢年过节，全家聚会，餐桌上总是会多摆上一副碗筷，那是给大哥留的。

母亲很忙，家里的事几乎都是父亲在照应。有时，母亲看到父亲劳累的身躯总是很歉意地给他揉揉肩，按按背。然后叹口气，对我说，儿啊，你要是个姑娘多好啊，可以帮爸妈做好多事了。

二姨说，你妈心硬，连花啊草啊都不喜欢，哪能生养姑娘。再生啊，也还是你这样的和尚蛋。

母亲的双亲去世得早，母亲是二姨带大的。二姨比母亲大五岁，那时的日子很苦，糠菜半年粮，每年种收的十几斤芋头就是家里的稀罕物。村里的女人坐月子才舍得吃。二姨隔三差五地就给母亲蒸几个芋头，自己啃菜窝窝。二姨总是哄着母亲说，我吃芋头反胃，你吃吧。母亲到了上学的年龄，二姨自己退了学，把母亲送进了学堂。每天做完活的二姨都要到学堂门口等母亲放学，不同的季节里就会给母亲一把酸枣、一只水萝卜或者几只小鸟蛋。二姨嫁人时，只有一个要求，要供养母亲上学。母亲成为村里唯一一个考入大学的女子。二姨说，你母亲进城里读书，我们都哭成泪人了，她一滴泪也没有，心硬着哩。

母亲性格直爽，说话办事也是风风火火的。如果有个休息日，可以听到家里叽里咣当的声音。父亲说，你母亲做顿饭就像在撵老鼠。

母亲和父亲一动一静，相处得却非常融洽。只有一次，我听到过两个人起了高腔。父亲说，你就别犟了，领导都有了意图，按领导的意见办就是了。母亲说，领导的意见是错误的我也要照办啊？这事不能通融。父亲很无奈，说那是我老战友的孩子，你就别再坚持了。你不知道这后面要牵涉多少人啊，那帮人什么事情都做得出来。母亲一点也不让步，我分内的事，你别管。

那些天，父亲格外的小心，母亲外出时，他总是找借口陪伴在母亲的左右。还是出事了。一辆违章的汽车把父亲撞入路边的深沟，送到医院抢救治疗了三个月，父亲余下的日子就永远与轮椅为伴了。

母亲没有流泪。母亲不请保姆，再忙，也要自己动手伺候父亲。母亲说，她知道那辆车是有意冲着母亲来的，父亲在一刹那间推开了母亲。

母亲闲暇的时间多了。她总是爱推着父亲的轮椅，到后山的花园里散步。母亲说那是他和父亲相识的地方，当时还只有一个小木桥，桥下有潺潺细水。

有一天，大成哥来到了我家。大成哥是二姨唯一的宝贝疙瘩，呵着护着惯着娇着。大成哥大学毕业进了一家企业，没有几年就当上了企业的老板。虽然我家和二姨家相隔千里，大成哥还是经常来家里看望我父母。父亲出车祸后，家里的积蓄全部用尽。父亲去北京的疗养，我上大学的费用都是大成哥给出的。我大学毕业后，也是大成哥四处托人找关系把我安排进了政府部门。母亲就说过，二姨家对咱家的恩情，这一辈子也报答不完啊。

大成哥这次来了没有急着走，安心地住下了。母亲每天都要做许多大成哥喜欢吃的菜。但是，大成哥吃得很少，烟抽得很凶，睡也不踏实。

母亲问,大成啊,今年多大了?

大成说,小姨,你忘了?我比小超大十岁,四十的人了。

母亲点点头,才四十啊,还年轻着啊,还有好日子过啊。

那晚,母亲和大成哥谈了很晚。

大成哥安安稳稳地睡着了,母亲就坐在大成哥的床边,轻轻地摇着一把蒲扇驱赶着蚊虫,直到天亮。

第二天一早,母亲陪着大成哥走进了公安局。

母亲回到家,把自己关在屋里,号啕大哭。

母亲已经退休了。母亲是位纪检干部。

炖

　　旭蹑手蹑脚推开门，听到蓉轻轻的鼾声，旭深舒了口气。旭记不清这是第几次对蓉说单位里加班。旭的单位除了月底统计几组数字上报，其余时间都在云山雾罩的闲侃中打发。加班？鬼才信呢。可蓉相信而且信得真真切切。旭第一次磕磕巴巴闪闪烁烁红着脸说出晚上要加班，蓉都没打一点疑问，叮咛旭注意身体，还特意为旭炖了鸡汤。以后，每次旭去单位加班蓉就给旭备着鸡汤，旭喝着鸡汤心里就毛搒搒的。

　　旭单位分配来一个女中专生夏。夏长得平平凡凡，打扮很现代。夏坐在旭的对面，胡侃之后就大眼瞪小眼，瞪着瞪着就瞪出点意思来。平平凡凡的夏在旭的眼中也变得不平凡。夏让人喜欢，爱向旭请教问题。即使为弄懂一个单词也是虚心地走到旭身边一副真诚的纯真。旭可以嗅到夏的唇边送来的缓缓暖气，夏的长发有意无意地在旭的脸颊脖颈处摩挲，旭就觉得自己没了分量轻飘飘的。夏请求旭晚上帮助她完成一篇文稿，旭就同意了。旭的加班就勤了些。夏对旭的格外照料和有意表现引起单位人的关注、介意、不满、嫉妒。闲话就捎到蓉的单位。蓉只是笑笑，对旭体贴得越发周到。

　　一日临近下班，天忽降暴雨。旭、夏和单位的人聚在门口谈论天气。蓉就在暴雨中出现了。蓉撑着一把小伞，依偎着旭的肩头，伞小蓉将伞移到旭的一边，自己的半边身子淋在雨中。旭有福气，妻子温柔又漂亮，我摊上这样的妻子给我省长都不换，同事们羡慕地说。话是给夏听的，夏心里就酸酸的。夏对旭的进攻就更直截了当了。夏约旭故意把电话打到家里。蓉就让旭放下手中的活去帮夏。不管旭回来多晚，砂锅里总留着蓉给他煲好的鸡汤。旭找茬发邪火还摔了砂锅。蓉笑笑，重新买来砂锅。

旭说,你别折磨我,我俩分手吧。蓉一笑,傻话,我还没和你过够呢。旭没了脾气。

夏熬不住,竟自己找到蓉。

直说吧,我爱上了旭,非他不嫁。

那是你自己的事,跟我有什么关系吗?

旭说他也爱我,他对你没感情。

旭和我生活了十年,是你年龄的一半。

感情的事不能用时间来衡量。

那不是感情。经不起时间的是情欲。

我和旭结合能有助于他的事业和前程。

旭有多大本事吃几碗饭我心里有数。

我和旭已经有了那层关系,你能容忍?

我们孩子已经七岁了,长得像他爸,调皮。

你不和旭分手,我什么事都做得出来。

不和旭分手我什么事都不用做。

我可以等,因为我比你年轻。

你等不起,因为你的年轻太短。

夏走了。夏从此变得精神恍惚,变得憔悴,变得更平凡了。有人给夏介绍了个新近丧偶的副主任,夏就匆匆忙忙嫁过去了。夏出嫁那天蓉给旭炖了一砂锅鸡汤,说这是我给你炖的最后一次汤,你以后多保重。旭就呆住了,砂锅里半闭着眼被炖烂的那只老公鸡,旭怎么看都觉得像自己。

替 身

　　西子公社民兵集训营里有两个胖子，白胖子白描是民兵营长，黑胖子黑瓦是刚进入基干民兵营的新兵。白胖子在集训营里热情高涨，嘴里喊着要加强战备，心里惦记的是招工名额。小道消息说，县里要从10个集训营中选拔2个民兵营长给招工指标吃商品粮。黑胖子是死活不想参加集训，因为黑瓦刚在村里处了个对象叫静娴，正在节骨眼上，静娴姑娘还没有最后应承下来。可不来不行，白胖子瞪着眼训斥黑胖子：你敢不去，定你个破坏备战的罪，你还想娶媳妇，做梦去吧。黑胖子嘟噜着脸跟着民兵营住进公社中学的校舍。

　　往年民兵集训就是跑跑步练练投弹射击，今年不一样，要基干民兵和解放军一样全副武装10公里急行军，还要爬山攀岩武装泅渡。白胖子平日在村里游手好闲，总爱缠磨大姑娘小媳妇，身子早就空了。训练没有两天，他就像死狗一样趴在床上不想动。因为他是营长，也没人敢说他，只是公社来人检查时，他才咬牙撑着做做样子。黑瓦虽然是刚加入民兵营，但是有一把子力气。他射击投弹不行，越野跑和爬山攀岩却是好手。集训半拉月后，10个民兵营第一次大演练，西子公社民兵营得了第二名，黑瓦还得了攀岩全县第一名。白胖子可神气了，觉得自己拿个招工指标有点眉目了。县里的新闻报道员拍了民兵集训的照片，在报纸上刊登了，没想到竟然引来了一家电影制片厂，要拍一部反应民兵刻苦备战，批林批孔的纪录片。

　　电影摄制组来到西子公社民兵营拍摄，白描殷勤地跑前跑后，好饭好酒的招待，把导演伺候得舒坦。白胖子吹响紧急集合哨，把一营的人拉到操场列队，摄制组要在民兵营中挑选演员。列队的民兵个个挺胸直

背，都希望能去拍电影。只有黑瓦无精打采地站在后排，他知道自己的模样，上不了镜头，电影里的人物都是一个比一个精神帅气。导演在队伍前讲了一通拍这样一部纪录片的重大意义，挑了几个个头大的民兵就解散了。被挑中拍电影的民兵和摄制组一起吃小灶，说要保证有充沛的体力，顿顿有猪肉，馋得黑瓦直流口水。第二天晌午，黑瓦忍不住了，端着饭碗到摄制组小灶假装找人，想蹭点肉吃，被白胖子给轰出来了。黑瓦正憋气呢，导演刚好看见黑瓦，他左右打量黑瓦，又让黑瓦转转身，点点头说，好了，就是你了，下午跟着拍电影。导演指着黑瓦，对发愣的白描说，让他吃小灶。

　　吃了小灶的黑瓦才知道拍电影也不容易。10 公里急行军就拍了好几遍，跑得黑瓦肠子都想吐出来，爬山攀岩更是苦不堪言。尤其是拍攀岩，别的民兵只拍了一遍，往胸前后背泼了点水像出汗的样子就行了。导演却让黑瓦抓着绳子在 30 多米高的峭壁前攀上滑下的折腾了十几回，整个人跟从水里捞出来的一样。导演还让黑瓦和白描一起比赛，白描根本就不是对手，可导演的摄影机却是对着白描使劲地拍。一个星期下来，黑瓦就跟脱了一层皮似的。摄制组走了，说一个月后让大家先看样片。黑瓦可神气了，逢人就吹胡自己拍电影了，还是主要角色，写信约静娴到公社看样片。看样片那天，操场坐满了人，在场中央给黑瓦留了块垫屁股的砖头。电影一开演，黑瓦的嘴就合不住了，给静娴瞎摆呼。电影放了一半了，还没有见到黑瓦的影，倒是其他几个民兵露了脸，引来观众一阵阵惊奇的呼叫。黑瓦有点急了，说我的镜头比他们多呢。忽然，黑瓦喊了一声，指着银幕上一个胖子奔跑的后背说，那就是我！胖子的整个后背都被汗水湿透了，可跑得还是雄赳赳，气昂昂的。黑瓦又指着银幕上正奋力攀岩的胖子背影说，那还是我！攀岩的胖子，转过身来，用毛巾擦脸的竟然是白胖子白描。片子的解说词夸赞说，火车跑得快，全凭车头带。民兵营长白描以身作则身先士卒，各项训练总是走在前边，是大伙的好带头人。操场上的人都笑翻了，黑瓦气得直喘粗气，弄了半天，是叫自己给白描做替身啊。为了宣传备战备荒，黑瓦吃了哑巴亏，不愿意也没办法。

　　民兵集训快结束时，附近的一家农舍忽然起火，正在训练的民兵都赶去救火。黑瓦跑在最前边，听到屋外的妇女哭喊着，屋里还有个孩子。此时已是浓烟滚滚，火光冲天。黑瓦把一条棉被在水里蘸湿，披在身上就钻进火海中，从里屋抱出一个2岁大的孩子。黑瓦被烟熏得出了门就跌倒，白描趁机跑过去把孩子抱到了号哭的女人身边，女人跪下就给白描磕头，感谢救命之恩。县里的通讯员听说此事，又跑来拍新闻照片。通讯员用黑炭把白描的脸抹黑，让白描摆出抱着孩子冲出房门的姿势，通讯员就"咔吧咔吧"拍了几张。通讯员说，还不行，这房子不冒烟不着火的，拍出来的照片一看就是假的，不真实。白描说，那怎么办？通讯员说，反正这房子也毁了，还不如给倒上点汽油，再烧一次，我们来个实地演练。白描就找了人，弄点汽油把破房子又点着了。火着起来，屋梁霹雳咔嚓的响，孩子害怕，哭了。通讯员就拿了个破被子卷代替，可是白描也腿软了，不敢进屋。白描又想起了黑瓦，要黑瓦把脸抹黑做个替身。黑瓦不干。白描急了，说这是政治任务，如果完成了，就把黑瓦的对象静娴调到大队部做播音员。黑瓦这才同意了，抱起被卷跑进屋里。通讯员调好镜头，说，一、二、三，话音刚落，整个屋梁就塌陷下来，黑瓦被埋在瓦砾中。当大家七手八脚扒出黑瓦时，黑瓦已经没了气息，可他还是把被卷紧紧的护在身下。

民兵集训结束后，白描因为带队训练成绩突出，还培养出舍己救人的民兵英雄黑瓦，奖励给他一个农转非指标，到供销社上班了。就在白描上班的第一个晚上，他忽然被人蒙住头，结结实实挨了顿揍，还瘸了一条腿。

唠叨天使

高层住宅楼房旁边，有一片树干粗壮枝叶茂盛的钻天杨。绿树荫下，建有一排红砖蓝瓦的小平房。平房里的人大都开着居民常用的买卖，米面油盐酱醋糖，瓜果点心葱蒜姜。旁边较偏僻的一间屋子，招牌上写着"鲜奶坊"。招呼生意的是一位身材丰满、短发圆脸的姑娘。

圆脸姑娘的买卖每天最早开张，匆匆忙忙的学生，晨练早起的老人，络绎不绝你来我往。姑娘一个人忙里忙外，嘴里哼着曲，手脚不闲心不慌，奶瓶发出轻盈的碰撞声，屋里弥漫着鲜奶淡淡的馨香。忙完一阵子，姑娘蘸蘸额头上的细汗，把屋子收拾停当，便拿出一瓶酸奶放在柜台上，仰起脖子朝高楼上探望。

一位老人此时就会来屋里取奶。老人步履蹒跚，手里还拄着根拐杖。

老人拿了奶并不急于走开，把瓶子仔细端详，说："就剩这一瓶啦？别人挑剩下的吧，姑娘？"

姑娘笑了："大伯，质量都一样，都是今天的，上面有出厂日期，保质保量。"

老人脾气倔："有出厂日期也不见得就保险，报上不是经常说有早产奶。日期还不是随便就可以打上的。"老人把手中的瓶子用力地摇晃，好像要从中看出点名堂。

"放心吧，大伯。要是有问题啊，我负责。"

"小小年纪就说大话，你能负责吗？你又不是厂长。"

"我可以反映啊，我是经销商。"

"等你反映，那还不黄花菜都凉了。电视上报道的假奶粉事件，等反映出来，把好好的孩子都吃成大头婴儿了。你说，这事怎么赔偿？谁能赔偿？"

姑娘笑了："大伯，我可管不了那么大的事。我只保证您老的这瓶酸奶没有问题，保您健康。"

"有没有问题喝了才知道，没喝，谁也不敢保证。现在坑害咱老百姓的奸商一抓一箩筐。"

"大伯，您要是对我卖的酸奶不放心啊，可以换一家。往南一百米，还有一家鲜奶坊，您去那里看看怎么样？"

老人不高兴了："怎么？提点意见就想把我打发走了？我偏不去，我就在你这订奶。咋样？"

姑娘说："大伯，我逗您老哪，你要是走啊，我还不乐意呢。我还得您老来给我上上政治课，指指依法经营的大方向。"

老人走了，身子颤巍巍，嘴里还嘟嘟囔囔。

几乎每次老人来都会和姑娘打一会儿嘴仗，姑娘已经习以为常。有时还故意找茬，惹得老人声调高昂。

秋风如针，几周过去，树叶就像被抽干了血的身躯变得干巴枯黄。肆虐的秋风还没有来得及将杨树上的枯叶扫净，第一场雪就迫不及待地覆盖着城市，像蒙上了一道白色的帷帐。

老人又来取奶，步履维艰。

"姑娘，你的店门口这么厚的雪也不扫扫？顾客如果滑倒了，摔伤了，还不得找你算账？不能光顾着赚钱了，就不知道为顾客着想着想？"

姑娘连忙拿起扫把："对不起了大伯，刚才忙，没顾上。"姑娘抡起扫把左右开弓，雪花在她身边翻舞飞扬。

姑娘额头渗出细细的汗珠，哈出的热气在她嘴边眉尖结成细细的冰霜。

"好了，大伯。您可以放心地走了。"

老人说："我可不会表扬你，这是你应该做的。咱们市里就应该立个扫雪法，不及时扫雪的人罚他没商量。"

老人走了，身子颤巍巍，嘴里还嘟嘟囔囔。

姑娘在老人身后扮了个鬼脸，笑容雕在漂亮的脸膛。

老人几个星期没再来订奶了，来找姑娘的是一位白发苍苍的婆婆。

　　婆婆告诉姑娘，老头子走了。老头子走得很安详。老头子常说，你是个好孩子，像天使一样。老头子大病后，就爱唠唠叨叨，连我都觉得烦。他说每天最开心的事就是能到你这里来唠叨唠叨。老头子还说，你屋里升着炉子，让我提醒你要常通通风，常开开窗。

　　高层住宅楼房旁边，有一片树干粗壮枝叶茂盛的钻天杨。树绿荫下，建有一排红专蓝瓦的小平房。每天早上，"鲜奶坊"就有两个身影聚在一起"唠叨"，一个是白发苍苍的婆婆，一个是短发圆脸的姑娘。

讨厌的女人

英语培训班的学生都不在状态。

教师很着急，学生们并不在乎。

学校是全国的名校，教师也是特级教师，可是来补习的学生先不说成绩参差不齐，有高中生，有大学放假的学生，也有自学培训的，想法也是天南海北。许多人是被家长逼着来补习的。强化英语成绩是为了出国，出国留学是家长们的迫切希望，孩子们的想法是屈从家长的意愿，真正想要出国的也未必有几个。

年轻的女教师名牌大学毕业，备课很认真，授课方法也很多样化，可就是调动不了学生学习的热情。漂亮的女教师上火，红润的嘴唇上都起了泡。

同学们，家里都花了不少钱，我们集中精力好吗？

回应的声音少气无力。

晓力，你来解释一下这个单词的意义。

站起来的虎头虎脑的男孩说，老师，我还弄不明白。

那就该用心学啊，你不是要去欧洲吗？

前排一个瘦子说，老师，他爸是大老板，有的是钱。晓力说他要是出国就带个翻译官。

大家就笑了。

第三天，正上着课，班里来了一个学生，是个大学生，一个四十多岁的女人。

大家小声嘀咕着，这么大的人了还来补习了。

女教师说，这位新来的同学做一下自我介绍好吗？

女人也不做作，大大方方地说，好吧。我的英文名字叫玛丽亚。在美国待了两年，做保姆。回来探亲，想再把英语提高一下，将来能够做管家。

大家起哄，给布什做管家吧，给施瓦辛格做管家吧。

管家婆，就成了女人的绰号。

很快，大家就发现这个"管家婆"女人很讨厌。

让人受不了的是，管家婆经常表现得比漂亮女教师懂得还多，还和老师争辩，更让人讨厌的是，管家婆挂在嘴边上的那句口头禅：我在美国就是这样的。你在美国想怎么样就怎么样，可是你现在是在中国，你张狂个啥呀。好像你在美国就很了不起了，不就是给人家当佣人嘛。

老师说，我们来解释一下名誉校长这个单词。

老师刚解释完，管家婆就举起手，老师，我对这个词有不同的解释。老师耐心地听完解释，又耐心地把自己的理解讲了一遍。大家明白了吗？

明白！同学们齐声回答。

管家婆女人点点头，我勉强同意你的说法。

老师又讲解了个单词，名人录。同学们理解了吗？

管家婆又举起手，老师，我想与你商榷一下这个词的用法。

老师的面部表情显得很无奈。

有的同学就开始反击，我们不想听你的商榷，我们要听老师讲课。

就是嘛，显摆你懂得多啊，回美国去显摆。

管家婆还想争辩什么，看看周围的同学，无奈地做了个手势，OK。

那堂课，同学们听得格外认真。

管家婆女人似乎很忙，课间休息时就抱着手机不停地打电话。同学们就打哈哈说，是不是美国的大老板急着要你回去做管家啊。女人并不气恼，也不理睬，一幅盛气凌人的架势。

管家婆女人与同学们的冲突发生在一堂讨论课上。

老师讲了一个故事：一辆旅游车在山间行驶，游客被美丽的风景陶醉了。有一对年轻恋人被自然风光吸引了，女孩请求司机停下车拍几张照片。车停下，男孩女孩跳下车尽情抓拍着美丽的景色。车上的人开始催他们上车赶路。女孩意犹未尽，央求男孩与她一起步行。旅游车开走了。一对恋人在山间忘情地玩耍，晚上就借住在山村的农家。第二天他

俩上路，看到了事故现场，原来，他们昨天乘坐的那辆旅游车在一个山洞前，被山上滚落的一块巨石砸中，翻进山涧，车上的人全部遇难，无一幸免。老师要求大家分组来讨论，如果你就是男孩女孩，知道这件事情后有什么样的想法。

同学们自由结合成几个组讨论，没有人和管家婆组队，女人也不计较，自己撑着下巴冥思。

一个组说，女孩男孩后悔没有把大家都动员下车拍照，这样就可以避免灾祸发生。

一个组说，男孩女孩应该让客车再等一下，如果车上的人不急着催促司机走就不会发上这种事情。

晓力说，老师，我们能说实话吗？我们真是太幸运了。

老师说，正确的答案是，女孩满脸泪流对男孩说，我们不该下车。

教室里一片沉默。

老师，我不同意你的观点。管家婆女人又举手发言，对一件意外事件的发生有诸多的变数，不可能只有一个正确的答案。即便是那一对男孩女孩不下车，也可能有别人下车，比如有人要下车方便，比如有人晕车要停车，比如有人要下车买山里的山货，比如司机要停车抽一支烟，同样可以造成客车被砸事件。所以，让那对男孩女孩自责是没有道理的。

同学们有些愤怒了，太没有同情心了。瘦子同学与女人开始争辩，急得说起了汉语。

女人平静地说，这位同学，请用英语。

瘦子一时语塞，急红了脸看着大家求救。

老师说，这个问题，我们在下一周进行一次专题辩论。希望大家积极准备，看看我们能不能辩过从美国回来的这位同学。

说不清是啥原因，大家上课学习的劲头足了。老师的提问，不待管家婆举手，大家早把手都高高举起来了，一个说不全下一个补充，就是不给管家婆女人显摆的机会。

学期培训结束了，大家从校长手中接过了结业证书。给他们发证书的校长，正是他们班里那个让人讨厌的想当管家婆的女人。

漂亮的女教师笑着告诉大家，她是我母亲。

暗　示

　　我发誓，没有见到我们的校花郁郁之前，我对媳妇是一丁点的外心都没有的。

　　与许多庸俗的故事开头一样，事情的开始源于那场乱七八糟的同学聚会。现今的同学聚会，意思已经完全变样了，还是叙叙旧见见面，加深友情那就太傻帽了。现在的同学聚会，觉得部分是去找感觉，找旧恋，说一些学生时代不敢说的话，做学生时代不敢做的事情，打打情骂骂俏，名正言顺地骚扰骚扰，做出点出格的事情。

　　我参加的那次同学会就是这样。其实，现在的交流方式已经很多了，有啥还说不玩道不清的交流？见了面，提供个近距离的接触，擦出但火花而已。组织这场聚会的胖子就是出于这个目的。他费劲吧唧地把同学组织起来，其实就是为了一个人，他当年的同桌红豆豆，偏偏那天红豆豆没有去，胖子沮丧地把手机都摔了。胖子没有达到目的，我却出了点小意外。

　　郁郁，当年的校花。虽然人过中年，郁郁依然风采照人，保养得很好，谈吐也依然是那么风雅高贵。

　　郁郁是我的梦中情人。上高中时，郁郁就像个公主，有许多的男生都和她套近乎。郁郁的父母是市里的领导，所以一般人也是巴结不上的。郁郁和我不在一个班，我们是在校文艺队认识的。我拉小提琴，郁郁跳舞蹈。没有过多的接触，但是郁郁见到我总是微微一笑，那点微笑就是我的灿烂阳光，让我一天都精神抖擞。高中毕业，各奔前程，也没有再联系。

　　同学聚会，郁郁端着咖啡坐在我的旁边，微微一笑，说，你是拉小提琴的五班的邓小华，对不对？

真没想到，二十多年没有见，郁郁还能记得我。

我记得你，当年你在校园的梨树下拉琴，专注的神态很潇洒，很打动女同学哦。你清高得很，不和女同学说话。

我说，你那时可是校花，是高干子弟，多少同学眼睛都盯着哪，你是很多同学的梦中情人。

郁郁优雅地笑了，说，包括你吗？

当然包括。经常幻想，这辈子要是能和郁郁在一起生活一天死了都值。哈哈。

郁郁矜持地笑笑，搅动着杯中的咖啡，说，现在呢，没有那种想法了吧？

我的脸热了，竟然心慌，说涛声依旧，涛声依旧啊。

我和郁郁谈得很投机，我还知道了郁郁和老公有些闹别扭了，老公公司做得很大，身边女人不少。郁郁很苦恼。分别时，郁郁主动和我拥抱了一下，贴着脸颊。

回到家，见到妻子，我心里有些不安和愧疚。妻子是我的大学同学，低我两届，长得也很漂亮。妻子是个很传统的女人，相夫教子别无他求。

攘外先安内，我有了不安分的想法，妻子要理解为好。我觉得首先要让妻子接受男女之事的一些看法，不反感，能理解。

我特意把手机上的一些黄段子读给妻子听，妻子嗔怪说，真是闲得无聊啊。

我说，这也是智慧，大凡编出黄段子的人都是高知识分子。

看电视剧，我也借题发挥，说，你看日本，男人工作一天，都到酒肆里喝喝酒泡泡妞，放松放松。日本女人还特别理解丈夫的做法。妻子奇怪地瞥我一眼。

我说，这是国际惯例啊。你看克林顿，在和老布什竞选总统的时候桃色绯闻就已经闹得满城风雨，结果哪，他还是赢得了大选。当了总统爱好不改，和秘书莱温斯基小姐闹出性丑闻，国会还对他进行弹劾，结果他还是挺过来了。说明美国人看重的还是执政能力，对个人的操守一般比较宽容。这是个进步啊。

妻子揶揄说，你要是总统，我也可以宽容。

我陪着笑脸说，咱虽然不是总统，但是可以有总统的情操啊。

我又和郁郁约会过几次，郁郁诉说她的苦衷，有时潸然泪下。我就抱着郁郁，我就疯狂地吻着郁郁。回到家里，见到妻子，良心就受到谴责。

我有意带妻子参加各种聚会，轻描淡写地说着聚会人的风花雪月，好像这是再平常不过的事情了。

以前妻子不参加她的同学聚会，我觉得很感动。现在我动员她参加，动员她去交流交流，开开眼界，结识朋友，联络人脉。妻子真的就去参加同学会，并且次数也多了，回来就说些逸闻轶事。

我觉得和郁郁的往来可以心安理得了。

郁郁生日的那天，我在一家酒店订了一桌饭，也订一间房。我给郁郁电话，郁郁说，她已经和老公飞到三亚了。老公对她很好，很周到。邓小华，我们还是保持同学关系吧。你妻子很优秀，好好待她。

我连忙给妻子打电话，亲爱的，我订了桌饭，给你个惊喜。

妻子说，不行啊，我的同学莫大为过生日，他可是我心中的白马王子，我们在聚会哪。你随便找个人吃吧，拜拜。

靠，这叫什么事啊！

羡

一间病房里住着两个女人。

略显白胖的女人看上去就是养尊处优经过大场面的人，言谈举止间有着一股说不清摸不透的派。瘦女人是刚住进来的，医院床位紧，况且还是干部病房。是胖女人住着寂寞，要求住个伴，得比她年纪大病也比她重些。瘦女人知道自己是沾了胖女人的光，很感激地对胖女人笑了笑。

来病房探望胖女人的人很多。上午医生查完房，护士刚刚给打上点滴，就有人拎着大包小包来看望胖女人。胖女人对来探望的人大都爱答不理，有一句没一句搭讪着不冷不热的话。来探望的人却极其热心，几乎都关照医生护士要精心治疗护理。这些人离开的方式也几乎一致，手机一响，不是有会议就是有项紧急公务需他回去处理，一边说着安慰的话，一边匆匆离去。有时来探望的人多，便挤坐在瘦女人的床边。瘦女人总是往里挪挪，尽量腾出些地方。胖女人觉得过意不去，瘦女人善解人意微微一笑。胖女人说，原打算住院能清静些呢。瘦女人说，你的工作重要啊。胖女人不屑地说，哪是我的工作，都是冲我老公来的。你说人家来看你吧，平日就没个来往。来了挺尴尬，不来吧又说不过去。这种例行公事的应酬，没有更好。瘦女人宽慰她说，也是你的人缘好哇，病了没人看没人探的心里也不是个滋味。胖女人露出笑容，那我是生在福中不知福喽。

瘦女人倒是挺清闲，几天中只有她的丈夫每天下午来坐一会。俩人悄悄地说着话，开心处俩人捂着嘴悄悄地笑。男人的手始终握着瘦女人的手不松开。男人走后，瘦女人会闭上眼睛，好像还在愉悦中徜徉。睁开眼睛，便对胖女人笑一笑，笑容里还夹着一丝少女般的羞涩。

　　胖女人眼中流露着羡慕，瞧你们多好，还像一对年轻恋人。瘦女人说，当教师的，嘴还行。我就是被他那两片嘴骗上贼船的。你俩是教师？瘦女人点点头，市八中的。胖女人兴奋地说，我也是八中的校友啊。瘦女人仔细端详着胖女人，你是不是低我两届的小铁梅呀？那次会演你把假辫子给揪下来，还随机应变唱打不尽豺狼绝不把辫子留长。胖女人笑了，那你是——瘦女人揪揪额前发丝，认不出来吧，我给你们报过幕。胖女人吃了一惊，你是被称为八中校花的靓靓？！你怎么变得……变化太大了。瘦女人说，变老了变丑喽。这就是生活啊。胖女人说，当时好多男生追你，高年级低年级的都有，我们演出队的女生嫉妒得背后没少咒你呢。瘦女人笑出声，现在我是扔在大街上也没人要喽。身体也不行了，说倒下就躺进医院。小铁梅，你还好吧，听说我住进这病房还是沾了你的光。胖女人摇摇头，怎么说呢，生活是无忧无虑。男人是当地的父母官，别人都羡慕呢，我却越来越觉得寂寞无聊。我住院就是赌气，想让他来陪陪我。他只是头天转了一圈，听医生说没啥病，这些天就见不到他。瘦女人宽慰她，管着几百万人的吃喝拉撒，忙呗。胖女人甩出一句，他有花花肠子了。俩女人住了嘴。

　　探望胖女人的人一天比一天多，各类礼品慰问品以及鲜花堆满了大半间屋。瘦女人还是只有他的干巴丈夫每天下午来陪陪她。

　　阳光明媚的上午，病房里显出一缕温馨。忽然，门外涌进一群欢蹦乱跳的学生，吵吵嚷嚷围在瘦女人床边。老师，你住院怎么不告诉我们。我们是悄悄地跟着肖老师才找到这儿的。大虎，你爸在这当院长，老师住院你都不知道，该罚。孩子说着笑着闹着。叫大虎的孩子挥挥手，老师，今天我们代表全班同学要组织一次阳光行动。同学们，阳光行动开始。孩子们欢雀着，把瘦女人的床抬起来。瘦女人说，同学们，别闹，这是医院。大虎说，我跟我爸说好了，他同意。老师，你一个星期没下床了，我们陪你去沐浴阳光。孩子们抬着床像一群快乐的小鸟飞翔。瘦女人幸福地笑着，脸上却挂着晶莹的泪珠。

　　胖女人看着瘦女人空空的床位，心里也空荡荡的。羡慕的眼神望着离去的孩子们。忽然，胖女人掀去身上的被子，起身下床，她也要去晒晒太阳。

委屈的女人

冬凌走进金师傅首饰店是周末的上午。

多日的阴霾天气忽然就放晴了，久违了的阳光给人了些多亲切。天气好，心情就好。独自逛街的女人有两种，要么是心情好，逛街享受，要么是心情不好，逛街发泄。冬凌今天逛街的心情自己也说不清楚。

金师傅首饰店是老街牌子最老，名气最大的老牌店。冬凌走进店门，店里的顾客还不多。

冬凌是店里的老主顾，刚进门就有几位迎宾姑娘上前问候，冬姐上午好。

冬凌由服务小姐带到了贵宾室。

冬姐，店里刚到的钻石首饰，新式样，南非钻。要不要看看。

冬凌矜持地笑笑，我今天什么首饰都没有戴，就是来装备的。

冬凌很快就被珠光宝气包裹住。

大家都发出不真实夸张的赞叹声。

冬凌不介意，她喜欢听到别人对自己的恭维，虽然虚假了些。

冬凌就是因为一枚戒指和老公分手的。

冬凌和老公结合到一起，没有大喜也没有大悲，日子过得平平淡淡。

那是冬凌和老公第一次走进金师傅首饰店，也只是逛逛看看，店里的珠宝不是冬凌和老公能可以随时出手拿走的。偏偏，冬凌相中了一枚钻戒。看着冬凌爱不释手的贪婪样，老公悄悄说，等咱赚了钱，我把你十个手指都武装上钻戒。

冬凌说，我不要那么多，就这一个就行。

老公说，你过生日时，我送你。

冬凌过生日时，他们经营的公司遇到了债务危机，老公为躲债去了甘肃。老公是在电话里同冬凌过了个生日。

生意好转后，老公应酬多了，没有时间陪冬凌逛街了。总是甩出一叠钱，对冬凌说，自己想买啥就去买吧。

冬凌再过生日，老公已经忘了。

冬凌决定与老公分手，她不能容忍男人把自己最在意的事情不当回事。分手后的第一件事，冬凌就去首饰店拿回了自己喜欢的那枚戒指。冬凌却从来也没有再戴过它。

冬凌的生意做得精明，公司也很快发达了。没有人能说得清冬凌有多少钱，有人说，只要这个女人高兴，能把半条老街买下来。

冬凌被珠光宝气簇拥着又走进了皮货世界。冬凌挑衣服不看样式，只看价钱，挑了一款价格最高的水獭皮大衣。

服务员捧着衣服的手都有些颤抖，这么昂贵的物品还没有几个人敢拿起来试一试。

大姐，您穿上真实显得雍容华贵啊，瞧瞧，就是为你量身定做的。

是衣服雍容，是价格华贵啊。姑娘嘴真甜，好就冲你这张嘴，要了。

划卡，冬凌喜欢听刷卡机传出的吱吱啦啦的打印声。信用卡是个好东西，它可以让你感觉不到花钱的疼痛。

武装好了自己，冬凌觉得该去慰问慰问自己的肠胃了。

驾车到近百里的开发区新开业的雅香居五星酒店。该约个好友一起去饕餮。冬凌打电话给自己的一个闺密好友露露。

雅香居酒店的面条，冬凌最爱吃。冬凌第一次带着好友露露来吃面，露露眼睛瞪得跟灯泡似的，一百五十八一碗面条？不会是恐龙肉做的吧？值吗？

冬凌说，怎么不值？面条味道好，值十块钱吧？其余的钱是吃服务。服务的价格没法算。

露露精心仔细地吃着那碗面条，生怕糟蹋了一丁点。露露心疼地说，凌子，下次到我家吃面条，服务的价格给我得了。

冬凌拨通了露露的电话，露露，我在雅香居，来吃服务，怎么样？

露露语速快得如点燃的炮仗，不行不行，我老公出差刚回来。凌子，

你猜我老公给我带啥了？这家伙，给我带了一条裙子，啥季节了啊。这家伙真舍得，八百多块钱啊。我得给老公做点好吃的，不陪你了啊，拜拜。

露露幸福的气场急剧地吸收着周围的能量，把冬凌刚刚扬起的好心情都带走了。

冬凌直接把车开回了家。冬凌脱下身上的獭皮大衣，扔到衣柜里，把自己陷进沙发，呆呆地望着屋顶的吊灯。

冬凌拿出首饰盒，倒在床上，戴来摘去。这么多的首饰都是自己买的，没有一件是男人送的。她打开衣橱，昂贵的服饰都是自己买的，没有一件是男人送的，哪怕是一块手帕。

冬凌觉得自己很委屈，扑在床上放肆地号啕痛哭。

屋外阳光很好，今天是冬凌三十八岁的生日。

有什么地方不对劲

焦娣文文静静轻手轻脚地走进我的办公室，慢慢坐到椅子上，半低着头，细声细语地说："局长，我想请几天假。"

我调进局里之前就有人告诉我，局里有个"娇滴滴"，本事大了，不论哪任局长，都能吃得开，跟哪任局长都有些风言风语的风流事，也总成为一些人写信告领导状的罪名之一，朋友提醒我当心，别陷入了温柔陷阱，落个把柄，成为你的对立面的谈资和棒槌。我笑了，告诉他，能够吸引住我的眼球的女人恐怕还没诞生呢，呃，你嫂子除外啊。走马上任后，我还专门注意了焦娣，她算不上漂亮，只是比较端正，身材还不错。说话办事中规中矩，也不张扬。

原本同意批她请几天假就行了，因为我要去广州开会，也不知是啥好奇心驱使，或许我也有什么不良动机，我故作关心地问："怎么，家里有什么事吗？"

焦娣的眼圈立刻红了，泪水溢出了眼眶："局长，我……"她哽咽着说不下去了。

"小焦啊，别急。有啥困难局里帮你解决。"

"局长，我要去广州，给儿子看病。"

"噢？孩子什么病，严重吗？"

"脑瘫，治了几年，也没见到多大效果。听说广州一家医院有新疗法，想带孩子去试试。"

"谁跟你一起去，丈夫？"

焦娣苦笑了一下："我们分手两年了。孩子的病他从不关心。"

"那你自己带孩子去，很辛苦的。"

焦娣泪水又流下来，那神态楚楚动人，让人怜悯。

"要不然，局里派个同志陪你一起去？"

"那怎么行啊，我这是私事，怎么能让单位人陪着。再说，局里对我的风言风语多了，谁愿意去为这招惹是非。又不是领导出差，谁都能陪着去的。"焦娣任泪水在光洁的脸颊上滑落。

我拿出几张面张，走到焦娣的身边。

焦娣拉过面纸，动作优雅地揩揩眼角的泪，好像对自己的失态难为情，凄凄地一笑。那一笑，让我心中一颤。焦娣娣低下头，我看清楚了她白皙的脖径，我才忽然发现她的皮肤嫩白如玉，水灵的如同捏一下就会滴出甘露。我夫人很漂亮，就是皮肤粗涩，我对白皙皮肤的女人有些某种说不出的意念。其实男人对女人的喜欢往往很简单，我的一个同学就因为喜欢那女人的一头秀发就把她抱回了家。

"要不，我陪你走一趟吧。噢，广州有个客户，正要去走访一下，顺便。"

"真的？那我可就真的不好意思了。局长，你刚来不久，我本该好好工作的，可还给您添麻烦，我……"焦娣捂住了脸。

我安慰她，手顺势拍拍她裸露的肩头。

卧铺车厢是个可以暧昧的场所。焦娣的孩子四脚八叉地占据着一个铺位，焦娣紧紧地靠在出口的铺角边沿上。夜深了，她还是保持着那个坐姿不变，轻轻地闭着眼睛。我忍不住走到她身边："小焦，要不你在我的铺上睡会儿。"焦娣连忙摆手："局长，不行，这不行的，你快休息吧。"焦娣扯着我的双手，把我送回铺上躺下，"听话，好好睡吧，啊。"两双手再没松开，我握着她凉嫩的手佯装睡着了。焦娣轻轻抽出手，轻轻地抚摸着我的脸颊，在我的额头轻轻地吻了一下，感觉有两滴泪落在我的脸上。如果不是在列车上，我会把她揽在怀里不松手的。

到了广州，焦娣带着孩子去了医院。第二天上午，焦娣一身蓝底白花的连衣裙，天使般站在我的门前。"怎么？孩子的病看完了？"焦娣说："我请专家看了，也没什么好办法。我把孩子托给广州做生意的朋友，今天就来陪局长走客户吧。"看着焦娣婀娜的身躯，我说："好吧，我们去浴场，游泳去。"穿上泳装的焦娣，我真是找不出词形容了，就那白皙的

身体引来男女老少惊羡的目光。焦娣大方自然地挽着我的胳膊走向海边："局长，我不会游泳啊，你可得护着我啊。"在水中嬉戏，她不停地惊呼，有浪过来她害怕地扑进我怀里。在海浪的冲击下，我把她洁白的身体有意无意的自然而然的该摸的部位都摸了。吃过饭，去逛商场。这是我的主意，总得给女人买几件时装吧。在广州，痛快地玩了五天。回到单位，焦娣又回复到以前的状态。算了算账，开销了一万多元。

一个月后，我要去成都开会。焦娣文文静静轻手轻脚地走进我的办公室，慢慢坐到椅子上，半低着头细声细语地说："局长，听说成都有个儿科专家，我想请几天假。"我总觉得有什么地方不对劲。

在那遥远的地方

　　在那遥远的地方，有一位好姑娘。我得到个去那遥远的地方出差的机会，收拾行装嘴里不停地哼着歌。媳妇有些酸意，看把你兴奋的，不就是从前的梦中情人在那嘛，有机会幽会了。我搂住妻子，都老夫老妻的，孩子都快上高中了，还有啥想法啊。妻子说男人变坏四十开外，去吧，解解让你牵心挂肚的情结。我说，看你说到那去了。嘴上这样说，心里真的涌出一股说不清的欲望。

　　春暖花开燕归来的时节，班里新来了一位女同学。长得不算漂亮，很耐看。高条的个白净的脸，一双忽闪忽闪的大眼睛。同桌的石头悄声说，班长，看出她有什么突出表现没？我说没有。石头做个夸张的手势，笨。你没发现她的胸脯特别突出。这位叫寒雪的同学真是挺着高高的胸脯。高中生正是发育的年龄，但那个年代女同学对女性的特征还是遮着掩着，只有寒雪自自然然的挺立着。或许是我有意无意对寒雪有所关照吧，寒雪总愿意和我在一起。球场上她为我呐喊加油，朗诵会她拼命为我拍巴掌。高中毕业，我和寒雪下乡在一个锅里绞稀稠，两年后又一同招工回城。俩人谁也没捅破那层窗户纸，可彼此心照不宣。那是一个飘雪的夜晚，寒雪第一次走进我那间10平方米的小屋，忧伤地告诉我，父亲要把她嫁给战友的儿子，战友的儿子在那遥远的地方是个万元户。寒雪哭了，扑在我怀里。我脑子里空白一片。寒雪说雪下得这么大，她今晚不走了。我吓懵了，现在想一想真后悔没把她留下。寒雪走了，只留下雪地上两行深深的脚印。

　　在那遥远的地方，有一位好姑娘。我不知道寒雪是否能来车站接我。寒雪接到我的电话并没有我想象的那么兴奋，相反我倒显得亢奋。寒雪

的声音还是那么润滑动听，我眼前又浮出她挺立的姿态。有时间我去车站接你。有时间才接，似乎不够热情，况且我还带了家乡特产一箱水晶梨。出了车站，我环顾四周，没发现接我的人，心里一丝失落感轻轻滑过。踌躇间，一位胖女人走近我，轻轻唤我的名字。寒雪?!我怎么也不能把眼前臃肿的女人同那润滑的声音统一到一起。认不出我了吧，你还是那样没变。寒雪把那箱梨提起随便往胯上一靠，走吧，回家。

寒雪的家装修得挺豪华，家具也是高档次。你过得还好吧？我问。凑合吧。这几年生意不好做，老公常年在外，家里还有一摊子活。抬拉装卸都是我的事。寒雪已换了一套衣装，给我沏茶，离得很近。我这才细细看看她白净的脸有了浓浓的皱纹，化了妆也没有掩盖住分布的癍块。挺立的胸脯已被一堆肉团替代，耷拉在腰间。忽闪的眼睛没有了光泽，闪现出的是疲惫伴着沧桑。我立刻后悔来这一趟，美好的回忆为何非要撕破呢。寒雪递给我一条毛巾，说你去冲个澡，就住家里吧。方便些，他出差了，不在家。我忙编了个瞎话，说晚上还约个客户谈合同，住宾馆吧。寒雪淡淡地笑了一下，随便吧。

离开这座城市时，我没有告诉寒雪。列车缓缓开动，我有了如释重负的感觉。在那遥远的地方，有位好姑娘。再唱起这首歌，大家评价说，声音不悦耳，也不投入，还少点什么东西。我无话可说。

我诱惑你了吗？

我工作调动，到了一个新单位。时间不长，单位的人都知道我还是个作家，收发室经常送来我的汇款单和样刊样报。

用稿费请了一个部门的同事吃了饭，在饭局上借机炫耀了一番自己的创作成就和社会上的各类兼职，同事看我的眼神就不一样了。在报上看到我的名字，大家就大惊小怪地叫，快看，咱们作家又发表作品了。我自恋的感觉在大家日益剧增的羡慕里膨胀得圆鼓鼓的。

有一个人不同。档案员泰丽，她似乎对我的存在很麻木，对我的成就无动于衷。

泰丽是个什么人，长相平凡得不能再平凡了，扔到人堆里仔细看都找不着。离异，还带个上小学的孩子。上班不见她，下班就回家，没情没调的。要说这么个女人不注意我也没啥可说道的。可是看到她对我那种麻木的态度，我心里就气急，就别扭，就有股子邪火。

单位开个工作会议，我负责起草领导的工作报告，泰丽负责查找资料和打印。加班到了晚上，我请泰丽一起去吃饭。泰丽说家里还有孩子哪。我说，吃饭简单些，再给孩子打个包，误不了事。泰丽同意了。

仙客来餐厅是我的老据点，从服务小姐到老板都和我混熟了。

四菜一汤，菜点得很合女人的胃口。

我去吧台签了单。

收拾好东西刚要走，进来了领班和两个服务生。漂亮的领班，忽闪着长长的睫毛，说，我刚才看到先生的签单，请问，您是我市著名的作家达达夫先生吗？

我笑着说，好像还没有听说哪个人敢假冒我的名字。

真的？太好了。我们都是你的热心读者啊，这两位妹妹是你的粉丝啊。

两个服务生挽着我的胳膊又是合影又是签名的。

我给她们介绍泰丽，这位是我的同事。

两位妹妹羡慕地说，这位姐姐好幸福噢，能和大作家同事一回，我死而无憾了耶。

出了餐厅，泰丽疑惑地说，你真有那么厉害吗？不是故意作秀吧？

我做出无可奈何的姿态，我有那么无聊吗？

事情还没有完。第二天上班，忽然有人送来鲜花。大家都以为是哪位女士的追随者送巴结了，一看标签是送给我的。

门卫来电话，说有几位女士要见我。

见我干嘛？

说是要找你签名要书。

告诉她们，我忙着哪。

电话又响了，找泰丽的。还是那几个女士，让泰丽给说说情，见见我就走。泰丽对我说，你就见见人家呗，专门跑来的。

我做出无奈的姿态，你答应了，我还有啥说的。

几个女的进了门，叽叽喳喳了一阵，签完名，要了书。走时还专门谢了泰丽，送给泰丽一张贵宾卡，随时来玩，可以打八五折。

同事开始调侃了，说泰丽不简单啊，跟着作家吃回饭也享受优惠待遇了。不能偏心噢，也得给我们补上。

事情过几天也就平淡了。一天，泰丽急火火地找到我，说孩子回家告诉她，下周语文考试的阅读题是我市作家的一篇小小说，班主任说那位作家好像和妈妈在一个单位上班。泰丽说，是不是你的小说啊，快给讲讲，占20分哪。

我做出很无辜的样子，他们用我的作品怎么也不同我打个招呼。我很认真地讲了这篇小小说所要表达的主要立意、人物性格刻画得特点等等。泰丽拿着小本本记录得很仔细。

孩子果然考得不错，阅读题得了满分。孩子还带来了校长和班主任的任务，求一本我签名的小说集。

我第一次发现，泰丽在读我的小说了。

我又从泰丽的眼神中找到了崇拜的意味。

后面的事情似乎就顺理成章了。单位安排我和泰丽去外地学习，在喝了几杯酒，谈了点狗屁文学后，泰丽就倒在我住的房间床上了。

男人就是这点德行，一旦从精神上到肉体上征服了一个女人，他就不会再去珍惜了。况且，泰丽被征服也没有啥可荣耀的，反而觉得负担了。泰丽开始对我多疑，有女人找我的电话，她就格外注意。

我决定摆脱她，疏远她，当初我干嘛没事找事地同她套近乎啊，蠢！

泰丽明显看出了我的意图。下班后，她把我堵在屋里，说你不停地施展诱惑手段，引我失身。现在又想摆脱我。你卑鄙不卑鄙啊？

我诱惑你了吗？我怎么不知道？

小　凤

　　小凤是个乖巧的女孩，说不上漂亮，却很耐看。一条黑粗的辫子时而挺在胸前，时而垂在背后，文文静静的。财会班里 20 多个女孩，小凤最容易让男孩想法得逞。班里有个男孩家在农村，经济不宽裕。每顿饭都是稀饭馒头就咸菜，从来舍不得吃荤菜。几个男同学就故意在小凤面前"痛说革命家史"，添油加醋地把那男同学的故事说得可怜兮兮，小凤两眼泪汪汪的。一个男同学说，我总见他最后一个进饭堂，把有些同学吃剩下的饭菜打扫到自己碗里吃。谁要是有同情心，多打份荤菜放在 8 号桌。那几个同学又找到农村来的男孩，说学校为了照顾家里困难的同学，每天在 8 号桌放一份荤菜，保证学生的营养。那男同学开始不信，后来真的见每次 8 号桌都放着一盘荤菜。学校给的，不吃白不吃。有一段时间，小凤母亲生病住院。小凤请假回家照顾母亲，那男同学见几天都没有了"照顾菜"，便问厨师学校的"照顾菜"是不是取消了。厨师瞪着眼：啥时候有照顾菜？是一个叫小凤的每天打份菜放在那，我还以为你俩谈朋友呢。吃了小凤的"照顾菜"的同学叫来富。

　　来富吃了小凤的菜，就觉得小凤对他有意思，有事没事就爱往小凤那跑。小凤看着可怜巴巴的来富，就给他多打几份菜。来富的目的可不是在那几份菜上，学校是个中专，毕业分配是最难办的，毕业几乎等于失业。小凤的父亲在县里劳动局当局长，县里留下的毕业分配名额像金子一样珍贵。来富想通过小凤的关系留在县城。小凤说，我赞助你点营养菜可以，分配的事我可帮不上忙。说真的，我毕业了往哪去还没谱呢。来富就鼻涕淌过下巴，把家里的艰辛搓碎了往小凤的心上撒，小凤也鼻涕淌过下巴地陪着难过，答应到时候找父亲谈谈。来富心里明白，仅靠小凤和她父亲谈谈是远远不够的，必须有实质性的东西。来富策划了个生日晚会，把小凤的红酒掺了白酒，小凤就稀里糊涂地在来富的床上躺了一夜。小凤觉得自己是来富的人了，死缠硬磨让父亲把来富留在县城。来富趁热打铁，很快就把小凤折腾成了自己的新娘。新婚之夜，小凤才知道原来自己还是个处女。来富说，我哪敢啊，那是设的一计，万一你要告我咋办。

小凤和来富的小日子滋滋润润地过了两年，还添了个胖儿子。先是来富下岗，小凤通过父亲的老关系帮助来富办了个公司。来富脑子灵，心眼活，两年时间公司就办大了。来富劝小凤也辞职，在家专心带孩子。来富生意越做越大，在家里待的时间也越来越少，有时半个月也不回家一次。有人给小凤带话，来富在公司和秘书晴柔挺缠绵的，在外还买了房子。小凤不信，问来富，来富指天发誓没这回事，说这是有人看我公司发展得快，嫉妒我坏我的名声。小凤相信，把来富伺候得越是周到。一天，小凤接到电话，说来富突发急病在某小区，让小凤快点去。小凤急急忙忙赶到，推开门见到了赤身裸体扭在一起的来富和晴柔。小凤发疯般跑到伊河边，纵身跳进湍急的河水。把小凤救上岸的是小凤的同学木娃。木娃自己办了养殖场，在伊河滩还开了一片农场。木娃听了小凤的遭遇，对小凤说，来富在学校就是个投机者，你不是为这种人生的，难道你要为这种人死？那不是太便宜他了，要好好活着，为了孩子。木娃要帮助小凤办个养鸡场，木娃说资金我帮你筹，种鸡我这里拿，鸡蛋的销路都归我负责。

小凤和来富办了离婚手续，租了块场地办起了养鸡场。到了收鸡蛋的季节，小凤送到木娃场里的鸡蛋总是不够量。木娃说按你的鸡场规模，产蛋量还差得多啊。是不是你喂养方法不对头哇，小凤说我是按你教的方法喂养的，每天鸡都下蛋啊。木娃觉得奇怪，就到小凤的鸡场查看。见小凤把每只笼子里都关着一只公鸡一只母鸡。养了 200 只母鸡 200 只公鸡。木娃笑痛了肚了，说小凤啊，你没吃过猪肉还没见过猪走啊。5 到 7 只母鸡配一只公鸡，你这不是浪费嘛？小凤认真地说，就得一公一母。只要哪只公鸡欺负了其他的母鸡，我就把它宰了送人。想一夫多妻呀，我决不能再让你们男人的想法得逞。

小凤说这话时，眼里布满了杀气。

牛五外传

牛五在老街钟鼓楼下喝完马一鲜家的羊肉汤，踩着青石板路回到院中，嫂子正在牛五的屋里收拾东西。

嫂子说，刚才金昌公司的金老板来了，说外地一家公司拖欠他的货款五十多万，想让你去帮着讨回来，你去不？

不去！牛五站在沙袋跟前，挥拳猛击。

牛五六岁时就失去了双亲，跟着哥哥屁股后面提溜大的。哥在剧团里唱戏，惹得剧团里的年轻姑娘魂不守舍。牛五常跟着哥哥去剧团看排戏，有时看着看着就睡着了，排戏的场子是几间废旧的仓库，冬天也没个取暖设备，玩累的牛五就在锵锵的锣鼓声和咿咿呀呀的戏曲声中酣酣睡去。牛五醒来时就会发现自己身上盖着一件绿色军大衣，身边坐着个长得甜甜的姐姐。姐姐端着一个大大的掉了瓷的白缸子，缸子里是热气腾腾的红枣和冰糖水。牛五就认识了后来成为自己嫂子的姐姐。牛五不喜欢看文戏，听到大段大段的戏词就犯困。牛五爱看武打戏，尤其是看着演员翻出让人眼花缭乱的筋斗，他就按耐不住，也学着人家在地上打滚，弄得一身土灰。嫂子就在炉子上烧了水，把牛五脱个精光，按在白铁皮打成的大盆子里，舒舒服服地泡一阵子。

牛五十岁看了电影《少林寺》，缠着哥哥要去少林上武术学校。哥不同意，得花钱，哥正筹钱准备和嫂子结婚。

嫂子支持牛五去武术学校，嫂子说咱俩人常年在外奔波演出，把五子总托付给邻居也不是个长事，他喜欢学武术就让他学。

嫂子推迟了婚期，把牛五送到了武术学校。学校的条件也不是太好，没有室内的训练场，也是为了招惹游人眼球，训练都是在门前操场上，摸爬滚打，学员身上常常青一块紫一块。

嫂子只要从外地演出回到老街，都要驱车两个多小时赶到武校看望牛五，带上几样好吃的点心、鞋、衣服。嫂子把牛五浸着汗渍的衣物统统洗干净晾晒好。陪着牛五待上一天，赶着最后一班车回到老街。冬天，嫂子带着新买的羽绒衣赶到武校，看到牛五的一双小手已经冻裂了口子，嫂子心疼，泪像断了线的珠子刷拉刷拉往下流，嫂子也不顾屋里还有别的学员，抓住牛五的一双手就塞进自己的怀里，五子的两只小手就被嫂子紧紧地按在自己的乳峰上。牛五咬着嘴唇，眼泪大颗大颗地洒在嫂子的手臂上。

牛五感觉到哥嫂的关系不如从前了。剧团承包后，负责管理服装的嫂子就下岗回家了。哥还在跟着剧团出去唱，听说和承包人小艳整天混在一起。牛五退伍回来好几个月，哥也就回过几次家。尤其是到了晚上，哥嫂的屋里静悄悄的，再没有令牛五心急耳赤的呻吟声了。

牛五大清早把哥堵在屋里，瓮声瓮气地说，哥，你可不能做对不起嫂子的事。

哥收拾着东西，说，干好你自己的事吧，我的事还轮不到你管。哥提着箱子往门外走，用手推了一下堵在门口的牛五，竟然没有推动。牛五双手箍住哥的两只胳膊一转身，哥就由屋里站到了门外。

牛五说，哥，你要是对不住嫂子，我可不客气。

哥怔了怔，伸伸脖子说，还反了你了。虎着脸走了。

牛五出去找工作半个多月，回到家才发现，哥已经把自己的东西收拾过了，搬到剧团小艳那去了。嫂子和哥平平静静没吵没闹地分开了。

嫂子，你别拦我，我要教训这个忘恩负义的哥哥。

嫂子知道牛五的脾气，赶忙拉住了牛五。牛五被嫂子按在院子里的石凳上，牛五呼哧呼哧喘粗气。

嫂子把毛巾在冷水中涮了涮递给牛五，平静地说，五子，我和你哥有缘分走到一起，在一起生活了十年，这十年嫂子过得很舒坦。今天和你哥分开，也是缘分到了尽头。你哥没错，我也没错。分开了，对你哥好，对我也好。五子，你要过好自己的生活，别操心我们的事情。

牛五忍不住抱住嫂子唔唔大哭。嫂子静静地站在牛五的跟前，任牛

五扎着头在自己的怀里哭泣。牛五哭了一通，心情也慢慢平静下来。

牛五问，嫂子，你今后打算怎么办，我不让你离开这个家。

嫂子说，你哥也是这样说，说这个葫芦院留给我了。可这是你牛家的祖业，嫂子是不会要的，嫂子先给你照看着，等你娶了媳妇，安了家，嫂子就搬走。

牛五倔着脾气说，我不要媳妇，就陪嫂子在这住一辈子。

嫂子说，净说赌气的话，你打一辈子光棍，嫂子还不愿意呢。再说，嫂子也没说以后不再嫁人了啊。

牛五说，我不要别人，我要嫂子。

嫂子一点也没有吃惊，抚着牛五粗黑的头发说，五子，嫂子把你一半当弟弟一半当孩子，你还是长不大啊。嫂子有做服装的手艺，已经看中了一个门面，过些天就可以开张了。放心吧，嫂子不会亏待自己。

牛五找到金老板说，你那货款我去帮你讨。

金老板说，五子，货款讨回来，提你十万元。

牛五摇摇头，说，老板，我不要。我嫂子的服装店过几天要开张，你到我嫂子的服装店给咱公司的人做套服装就行了。我谢谢你了。

牛五的嫂子服装店开张，金老板带着订单前去祝贺。

牛五的嫂子告诉金老板，牛五去了南方打工。

金老板感慨地说，咱老街少了条汉子。

牛五的嫂子霎时泪如玉珠。

不懂你的柔情

牛五帮着金老板讨回了被拖欠的巨款，还分文报酬不要。金老板的夫人觉得牛五老实憨厚心眼实，就张罗着给牛五介绍对象，想来想去，想起了自己的一个堂妹花花。

花花在老街杂货市场，租了个摊位，卖儿童服装。虽然说家是农村的，可来城里面也混打了好几年，生意还做得不错。花花听说牛五刚退伍回来，还没有个正式工作，又比自己小，心里有些不愿意。

金夫人劝她说，女大三，抱金砖啊。牛五家那所大宅院，可是块风水宝地，老街就要进行旧城改造了，改造后的老街是仿明清建筑，牛五家的那所宅院正好临街，光出租收的租金就够吃喝一辈子了。牛五没爹没妈，没啥牵挂，你嫁了他，他不得上杆子巴结你，对你好。

花花就和牛五处上了。

周末，牛五把花花带回家，嫂子张罗着做了一桌的饭菜。吃完饭，花花要帮着收拾，被嫂子拦住了。

嫂子说，你俩去说话吧，等过了门，有你忙活的时候。

花花便和牛五钻到屋里，牛五给花花讲在部队的事。牛五说起在部队的事，就像换个人似的，绘声绘色滔滔不绝，花花也听着新鲜，不时地被逗得咯咯直笑。牛五讲完部队的事，就像个闷瓜一般坐着傻笑。

花花问牛五，听我姐说你的功夫好，你来两套给我看看呗。

牛五说，练武是用来健身的，在部队是用来执行任务的，我练武可不是用来显摆的。

花花撇撇嘴说，可能是绣花枕头中看不中用吧，你能用一只胳膊把我撸起来？

牛五说，那还不容易，就走到花花跟前，一只手圈住花花的腰把花花抱了起来，花花故意惊叫着，两手搂住牛五的脖子，脸紧紧贴在牛五厚实的胸脯上。

屋外，哗哗啦啦下起雨来。

牛五说，花花，我送你回去吧。

花花说，这么大的雨你也赶我走，把我淋感冒了，你就美了，你心里根本就没有我。

牛五没了脾气，说，我不是那个意思。

花花扑到牛五的身上，说，傻瓜啊，我今晚不走了。说着把嘴唇贴在牛五厚厚的嘴唇上，牛五笨拙地拱来拱去竟好一会唅不住正经位置。

牛五浑身一激灵，一把推开花花，结结巴巴地说，不能，我是给首长当过警卫员的，不能干这种事情。

牛五光着膀子跳到院子中，任凭雨水劈头盖脸地浇下。花花在屋里委屈的嘤嘤地哭。

嫂子听到动静，把院子里的牛五拉进上房，用毛巾给他蘸着身上的雨水，边埋怨他不爱惜身子。找了件牛五哥哥的褂子穿上，说，你就睡这屋吧，我去陪花花。

嫂子进屋安慰花花，给花花讲了五子小时的经历，嫂子说，花花啊，五子从小没了爹妈，你是他亲密接触的第一位女性，你要慢慢地先给他女人的柔情，再给他女人的激情。别吓着他。

牛五还没有享受到花花给的柔情，俩人的缘分就到了尽头。

那日，牛五接到电话，花花在市场因摊位的事和邻家打起来了，邻家人多势众，花花吃了亏。牛五急急忙忙赶到时，邻家的几个女人还揪着花花的头发，花花的衣领也被扯开了。牛五一个箭步窜上去，把缠在花花身上的两个女子推到一边。

花花扑到牛五怀里哇哇大哭，说，揍他们，揍他们啊。

牛五攥紧的拳头慢慢松开，搂着花花说，走，咱去找派出所找工商局说理。

花花挣脱出牛五的怀抱，指着牛五的鼻子大声嘶喊，牛五，你个窝囊废。花花哭着走了。

邻家几个大男人看着矮小的牛五，还嘟囔着，以为找了个变形金刚哪。

金夫人找到牛五也奚落了一通，说，五子，你还算个男子吗，你还是条汉子吗？

牛五低着头，搓着手说，让我动手打人，我，我下不了手。首长知道会生气的。

牛五和花花分手的场面很是壮观。正是老街生意繁忙的当口，牛五来到了花花的摊位前。

牛五说，花花，你不是想看我的武功吗，我就练给你看。

牛五左扑右闪打了一通螳螂拳，围观的人大声叫好。

牛五拿起一块砖，一掌断开。抡起一截铁棍砸响自己的脑门，头安然无恙，铁棍已经弯曲。

牛五大声说，花花是我姐。以后谁要是敢欺负花花，我牛五就跟他过不去。

牛五说完扭头就走出店门，花花在后面的呼唤声也没能让牛五回头。

屋外，阳光很暖。牛五觉得浑身轻松。

排　毒

都说好汉娶不到好妻，癫蛤蟆娶个娇滴滴。此话不假，当初学校的校花，多少男生追求的偶像竟然嫁给其貌不扬被同学称为歪瓜劣枣的我。男同学嫉妒得皮肤都过敏，认为我玷污了他们心中的女神。结婚那天，他们把我灌醉瘫如烂泥，方解心头之恨，说第一个新婚之夜让我不能得逞。他们还让我交代是用了什么卑鄙的手段把校花弄到手的。其实是冤枉我了，咱有自知之明啊，就凭我这条件别说找校花了，就是那花根也轮不到我。可谁让她父亲在我父亲手下当差，偏偏又遇到了要提拔的关键时刻。是她父母亲自到我家说媒，要把女儿许配给我，说是郎才女貌般配的一对。我家也没亏待她，把她安排到最吃香的一家公司任后勤部经理。

有人形容女人结婚前是纯金，结了婚变纯银，生了孩子以后就是破铜烂铁。大概是女人的生理变化较男人明显吧。我妻子可不是这样，很注意保养自己。为了不成为"破铜烂铁"，她不肯要孩子，说生了小孩会影响女人的体形，肚皮上会留下赘肉。我说只要脸蛋没有赘肉就行，肚皮上的肉除了我谁还有资格欣赏。妻子说，那夏天呢，在游泳的时候，穿的薄一点呢。你看时尚的衣物什么样？露肚脐眼！我无话可说，妻子倒是真的穿了个露着肚脐眼的服装招摇过市了，只是她同男性同胞谈论时，我总觉得他们的眼睛往我妻子的肚脐上跑。

妻子每天早晨都要空腹饮一杯淡淡的盐水，这种方法是从香港一位有名的影视明星那学来的。还要喝一杯不加糖的鲜牛奶，盐水可以帮助排除体内的毒素，鲜奶补充排毒后皮肤所需的营养成分。我真佩服妻子的肚量，灌了一肚子液体还又跳又蹦地"天天跟我学，每天五分钟"。肚

皮里叽里咕噜的响声我都听得见。妻子很注意保养，经常从报纸电视里搜集一些养颜的土方在自己身上勇敢的实践。开始是用鲜柠檬榨汁，再加50毫升纯清蜂蜜和一个生蛋清轻轻搅拌均匀兑少量水饮用。这对我们刚组建的小家庭是笔不小的开支。我又不好说啥，娶了个如花似玉的媳妇就够窝囊人家了，浪费点"物质基础"是为了巩固"上层建筑"啊。每月发的工资除了正常开支，几乎都孝敬在她的脸上了。好在妻子的肚子不争气，用了这方子就拉肚子屁还特多。几个月便有些坚持不住，可还硬撑着。我说从报上看到，专家建议不要喝生鸡蛋，不卫生还容易患寄生虫病。妻子依依不舍地告别了鸡蛋柠檬蜂蜜，马上又与大蒜结盟。说是丹麦的专家发现，大蒜可以延缓人体皮肤的衰老过程。用大蒜捣碎与面粉搅拌在一起，放置10个小时，洗完脸直接把大蒜面膜涂抹在脸上，促进面部血液循环保持皮肤长久柔嫩红润。我说这好，一斤大蒜够打发好几个星期的。妻子实施起来才知道这种方法同样令人难以容忍。大蒜放置10个小时后是什么味道，抹在脸上满屋子都是蒜臭味。连夫妻间的功课都受影响，哪还有情趣啊。妻子哭了，说嫁鸡随鸡嫁狗随狗，嫁给了你这个癞蛤蟆我就变成个母蛤蟆呗。

妻子花在脸上的精力少了，顶多是新鲜蔬菜下来时用西红柿、黄瓜、菜叶把自己的脸贴成个什锦大拼盘。妻子花在公司的精力多了，工作出色又荣升为副总经理。有同学见面悄悄告诉我，说我妻子在公司同老总有些暧昧。我不相信，妻子会看上那个快退休的老头子。没过两年，妻子公司老总退休，妻子升为公司老总，这也是我父亲退下来之前最后行使权力。妻子当了老总，家境也日益康富起来。妻子又开始排毒了，不过都是市场上最时兴的价格不菲的高级保健品，有许多还是从国外带回来的。妻子三十来岁的人，还像二十多岁的人一样年轻。妻子在外的应酬多了，她从来不带我，总是一个年轻的秘书小马跑前跑后的伺候。有几次妻子喝多了，是小马给背回来的。妻子的公司上市后，她更是春风得意，接触的都是市里的头头脑脑。一天，妻子忽然提出两个人要分开睡。说美国一个获诺贝尔奖的教授做过调查，夫妻同眠呼出的有毒气体对两人都有危害，尤其是容易使女方皮肤老化。所以西方夫妻都是AA制，各睡各的。客厅里支个小床，我就被AA了。我躺在小床上骂了一夜美国佬，你研究什么不好，偏偏研究男女在一切睡觉。真是闲得蛋疼！我把苦告诉朋友，朋友说是不是把你 AA 了，同别人二合一了。无风不起浪，你得提防啊。终于有一天，一个阳光灿烂的午后。妻子对我说，看到一份资料，男女在一起，男人的年纪比女人的大就会汲夺女人的精华，使女人容易变老。你比我大两岁，我已经跟你快 15 年了，也对得起你了。我们分手吧。就这样，我被妻子当作毒素堂而皇之地给排除了。不久，我原来的妻子就同小她 10 岁的秘书小马结合在一起，去汲取男人的精华了。

不干净的女人

老街把作风不检点的女人称为不干净的女人。芦花就是被称为不干净的女人之一。

芦花原先在区委会上班，从学校毕业就能分配到区里上班，老街人都说芦花有出息。说看看人家芦花，上的也不是啥名牌大学，模样也不是长得多俊俏，能到区里上班，不凭本事凭啥？老街倒是有个名牌大学出来的骄子，啥也做不来，现在还在街上蹬着三轮车卖茶叶蛋。

芦花时常成为老街闲聊的话题。

有人说，芦花受器重哩，看到芦花和区委主任一起到房产公司指导检查工作，还有摄影记者跟着。

有人说，芦花会来事，区委主任在狮子楼请客，不带别人，就带芦花。芦花关键时刻替主任喝酒眉头都不皱。

有人说，芦花和区委主任不干净，经常看到上班时间，芦花在主任的办公室里赖着，还有人看见两人搂在一起，芦花脸红得像西关地里种的那水萝卜。

芦花就回来了，街上的人就问，芦花，不去区里上班了？

芦花说，不去了。

那你做啥呢？

芦花说，看看吧，自己干点啥，反正闲不着。

芦花在老街开了一家代理店，生意做得活泛。

有人给芦花介绍男朋友，见过面，芦花没意见。男方一打听，说芦花不干净，男方就再也不和她约会了。芦花也不在意，有人介绍就去见见面，人家不愿意了，芦花就忙自己的生意。

说芦花不干净的版本有好几个，最让老街人津津乐道的版本就是芦花勾引区委会主任。说芦花整天缠磨人家主任，主任值班时，芦花脱光衣服往人家被窝里钻。玩玩也就算了，可芦花一根筋，非要搅和人家主任离婚，两人闹翻了。这是主任酒喝高了亲口说的。

有人就反驳，说指不定是区委会主任勾引人家芦花。芦花到底还是个大姑娘。

主任会勾引芦花？人家主任相貌堂堂一表人才，会看上芦花？没见过人家主任媳妇吧？当年大学里的校花，照片还上过挂历，主任会勾引芦花？开玩笑吧。

一个巴掌拍不响，两人的事，谁也说不清楚。

有了不干净的名声，别人给芦花介绍男朋友就难了。芦花和主任这档子事总是个拌，说也不是，不说也不是。

后来，老街人也不张罗着给芦花找朋友了，看惯了芦花一个人风风火火地忙活，好像芦花就该她一个人提留着，挺滋润。

芦花的生意越做越大，在花城开了好几家分店，还收购了一家倒闭的服装厂，与外商合资，做出的花花绿绿的服装往国外销。经常有黄头发蓝眼睛大鼻子的外国佬到芦花的厂里谈生意。

老街就有人议论，芦花堕落了，和老外不清不白的，一起出去玩，出去吃饭。还住在一起。

老街的媳妇们背后就捣鼓芦花不干净，教育自己的儿女就说，可得好好学好好干，长大要有出息，别像芦花做些不干净的事。

芦花有钱了。芦花捐助给敬老院的钱都是几十万几十万的，还把区里两所小学的课桌全部换成新的。老街的孩子只要考上大学，芦花一包到底，还成立了个什么基金会。

老街的人嘴上夸芦花，骨子里还是腻歪芦花，钱再多，也买不来干净身子。

芦花是老街人饭后茶余的永久话题，芦花的一举一动都是街谈巷议的材料。有人还侦探般地细数过，一个月里，芦花和 8 个陌生男人有来往，都是清一色的帅小伙子，吃住都在月亮湾高级宾馆。

区里的主任犯事了，说是和区医院的一个小护士勾搭上了。主任经常以让小护士到办公室给自己挂吊瓶子为由，两人在屋里鬼混。被主任的媳妇逮个正着，两人办了离婚，主任被降职调动了地方。有人说，看到主任去找芦花了，鼻涕一把泪一把地忏悔，要与芦花重温旧梦，被芦花骂得狗血喷头。

芦花嫁人了，娶芦花的男人是区小学的一个语文教师。男人比芦花大十来岁，长相一般，去年才死了媳妇，还带着个八九岁的孩子。

芦花是去给区小学捐书仪式上认识教师男人的。有了往来，两人走动得就多了，芦花不说过去的事，男教师从来不问芦花的事，有人说芦花的不干净事，男教师就摆手让其打住，然后从容笑笑离开。老街人就说男教师是个信球（方言：傻子）。

芦花的婚礼办得很排场，街坊四邻都请到了，分文礼品不收，还回赠纪念品。老街人吃得满嘴流油，说芦花的婚宴上的菜做得地道，得劲。

新婚夜，男教师吓了一跳，人家芦花还是个黄花大姑娘啊。

男教师就问，芦花，我的条件不好，你为啥要嫁给我。

芦花把头靠在男人的胸脯上，流着泪说，你是个干净的男人。

男人搂紧了芦花。

丢啊丢，丢手绢

　　从迪欧咖啡厅出来，陆向阳心中的郁闷还没有散去。大学同学聚会是他提出来的。陆向阳上大学时就一门心思找女朋友，连我们漂亮的英语老师都敢去骚扰，结果被人家的男朋友——市拳击队教练狠狠地教训了一顿，"熊猫眼"瞪了两个月。我是在逛超市时遇到陆向阳的，陆向阳可以称为自由职业者，实际上没什么正经事干。他就提出搞个大学同学聚会，现在大家都走上社会这么多年了，应该联络联络，这些都是资源哪，不好好地利用，浪费了，多可惜。我说行啊，你就张罗吧。没想到，陆向阳很快就把此事张罗好，而且还打着我的旗号，因为我在大学时是学生会的副主席。

　　我和陆向阳负责接待。刚见面，大家还激动了一阵子，介绍完每个同学的情况后，聚会就有些走味了。大部分同学都有了头衔，局长、处长、总经理，连在大学时总跟在我屁股后头帮忙打杂的侯六都混成市政府秘书长了，那一脸春风得意的样子："在市政府混碗饭吃，旅游接待的事归我管。上星期刚刚送走了咱大学英语老师一家子，就是陆向阳想骚扰的漂亮女教师。咱大学的同学只要想吃喝玩乐尽管找我，带着你的老婆或情人都行啊。"同学聚会马上就分开了堆儿，秘书长和局长、处长们谈得热火朝天，总经理、大小 CEO 们煞有介事地谈论着未来。只有陆向阳逐个地讨要名片。拍合影照时推来搡去的，最后让秘书长坐在中间位子，其余自觉地按职位高低各自找到了自己的位置，我这当初的学生会副主席只好挤到最后一排最边角上。每个人都戴了一副面具似的，我找个借口提前溜了出来。

　　走在街上，心中忽然空落落的。其实我对自己的生活还是很满意的，大学毕业分配到本市一所大学任教，找了个可人的妻子，还有个乖巧的女儿。我的课很受学生的欢迎，我的家很温馨。参加了一次大学同学的聚会，一下子让我变得不自信了。烦！

手机响了。"喂，班长，我是英子。"英子，我的心里滑过一丝暖暖的感觉。英子是我高中同学，长得漂亮大方，尤其是鼓鼓的胸脯，引发了我无数的遐想。

"喂，班长，我们在搞高中同学聚会，在玫瑰园歌舞厅。大家觉得少了班长不能圆满，又怕请不动你这个高材生，让我打电话，怎么样，给个面子吧？"我们那一届高中，就我一人上了大学。

我说，哪儿的话呢，你们又没事先通知我，这不是要我吗？好，我马上就到。

我拦了一辆车，赶到玫瑰园歌舞厅。没想到同学们都聚在门口迎候我，我心里暖洋洋的，刚才的郁闷被冲淡了。有人起哄说，班长和英子在学校就有那么点儿意思，今天是不是让他俩把那点儿意思给意思意思呀？英子大大方方地说："怕啥，气死你们。"搂着我，"叭"地吻了我一下。第一支舞，英子就和我跳。我们随舞曲徜徉，我隐隐约约还能感受到英子少女时婀娜的风采，眼睛忍不住又往英子的胸部溜，英子似乎注意到了，反而有意无意地把胸脯往我身上靠。交谈中，才知道英子已经离婚了，自己带着孩子过。我记得英子嫁给了一名军官，当时很神气的。英子说，她丈夫转业到地方，在一家企业做了老总，和秘书混在了一起。英子说，真羡慕你有好事业、好妻子。班长，当初我要是嫁给了你，你会珍惜我吗？我竟不知说什么好。看看四周，有的男女同学在打情骂俏，有的干脆就抱在一起了。英子说，大家都活得很累，同学会，不过是找个机会发泄发泄，叙叙旧情。同学那点儿友情能够支撑三十多年，不容易啦。

从歌舞厅出来，天已黑。英子说，班长，还记得我们幼儿园时大班的于老师吗？今天是她六十岁生日，说好了给她祝寿，你去吗？我的眼前浮现出梳着两条长辫子、每根辫子上都扎着粉红色蝴蝶结的于老师。四十多年就像点了一下鼠标，画面刷一下就更新了。

于老师的家里已经围满了人，我见到了当年的小胖、虎妞、丫丫。

于老师还能清楚地记得我小时候的事情。于老师指着我说，那时候就你调皮，有审美眼光哩。每天就和英子玩，英子当妈妈，你要当爸爸，还搂着英子亲嘴，说爸爸妈妈就这样。把英子弄哭了，说不讲卫生。大家开心地笑了，围坐在于老师的周围，仿佛都回到了纯真的年代。不知是谁先唱起了《丢手绢》的歌：

丢啊丢，丢手绢，轻轻地放在小朋友的后面，大家不要告诉他，快点快点抓住他……

大家都拍着手跟在一起唱，唱了一遍，又唱第二遍，唱第三遍时，几乎满屋子的人都哭了，于老师也哭了。大家就哭着、唱着，唱着、哭着，唱得那么开心，哭得也是那么开心。

回到家里，我开始整理相册。妻子看我把照片翻了一地，问我找什么哪。我说，找手绢。

形容词

司徒玛丽被大家称为"萨其马"，意思是"傻气玛"。

司徒玛丽人长得可一点儿都不傻气。司徒玛丽有一种浑实健康的美，那种美是很令人兴奋的，具有让人冲动、想去紧紧拥抱的诱惑。套用处长东郭贻笑的说法是：司徒玛丽很阳光啊。

司徒玛丽是个很阳光的女孩，到处里时间不长就和大家打成一片。司徒玛丽最可人之处是能经得住男人粗鲁的玩笑。处里几个男人都已成家立业，可以分为几类：有贼心没有贼胆的；有贼胆没有贼机会的；有贼机会没有贼身体的。因此，耍耍嘴皮子功夫过过嘴瘾成为处里男人最惬意的事。司徒玛丽刚到处里，大家还不敢放肆，没过多久就发现司徒玛丽是个能让你在嘴皮子上舒展不良心理的发泄对象。慢慢地，大家就无所顾忌了，段子越说越黄，司徒玛丽也不羞恼，有时还一本正经地问笑得前仰后合的同事：你们笑什么呀，我怎么不明白呢？众人笑得越发张狂：你呀，真是个"萨其马"！

司徒玛丽在处里总是丢三落四，常常是刚推开处里的门就又急匆匆地往外跑，说家里的门忘锁了或是水管忘关了；司徒玛丽下班总是第一个走，听到她高跟儿鞋声渐渐远去，又看到她气喘吁吁地跑上楼：别关门，别关门！钥匙，钥匙忘带了。最典型的是过了"五一"刚上班，司徒玛丽就坐在椅子里喊：不好，不好！大家围过来问怎么回事，玛丽红着脸说：起不来了，快去小芳那儿给我拿点儿女人用的东西来。男人们坏坏地大笑。连自己最隐秘的私事玛丽都会给忽略了，大家对玛丽的一些行为也就见怪不怪了。老李的儿子结婚，通知大家去喝喜酒。宴席快结束了，玛丽赶到了：我总觉得今天有什么事给忘了，在美容店做了一

半，想起来是老李要当公公了，急忙赶来了。自罚一杯啊。玛丽干了一杯红酒说，老李，对不住啊，来得匆匆没带贺礼，以后补上啊。以后玛丽补不补，大家都觉得很正常。

年终干部考核，对中层领导搞民意测验。每人两张考核表，一是给处长画钩或是打叉提意见；二是推荐两名后备干部人选。处里的人各怀心事，一人一个角落画的钩叉不一样，后备人选几乎都是填自己一票，另一票不约而同地给了司徒玛丽。司徒玛丽刚交了表就拍着脑门儿大叫：坏了坏了，那表是不记名投票啊，我怎么署上名字了。大家就笑：你给处长画了几个叉啊？玛丽一脸急相：什么啊，我给处长列了三大罪状，工作急躁、作风不民主、城府深难沟通。大家同情地拍拍玛丽的肩膀，心里自然欢喜。

果然，处长开始经常找玛丽谈话了，玛丽每次谈完话都一脸沮丧。周末，处长又留下玛丽谈话，地点选在梦露咖啡馆。处长捧着玛丽的手贴在嘴边：知我者，玛丽也。你给我提意见的那张表，我还随身带着。那张表上玛丽俊秀的楷体字写着：处长工作急躁，见到工作就着急，不吃饭不睡觉也要做好，处里的工作总是保持高效运转，还让不让人放松？处长作风霸道，总是把困难的事情留给自己，还不允许别人同他争执。越是困难的工作才越有挑战性，总是一帆风顺我们年轻人怎么能快速成长？处长城府深难沟通。他自己默默地资助一位山区的学生已两年了，却从没告诉大家。要知道众人拾柴火焰高啊，如果他能带动我们大家，那就有可能让更多的孩子免受失学之苦。玛丽说：我提的都是事实，你接不接受？两人就你来我往一杯一杯地对喝，玛丽就醉了，要处长送她回家。处长把玛丽和自己一起送到了玛丽那松软舒适的水床上。玛丽第二天醒来，看到一脸愧疚的处长，自己还不好意思地对处长说：昨晚我喝多了，害得你陪了我一晚上。我那沙发有点儿硬，你没休息好吧？处长的脸和心情马上阳光灿烂起来。

不久，司徒玛丽被任命为副处长。大家都不服气，找处长发牢骚。处长一脸严肃：怎么不行？玛丽在民意测验中是唯一的满票。

晚上，男人聚在一起喝酒，说，咱们到底他妈谁傻啊？回答他们的是满地东倒西歪的啤酒瓶子。

千金一笑

褒姒是褒国的美女，从小天生丽质，美艳绝伦。褒姒非常爱笑，无论是嫣然一笑还是莞尔一笑，无论是微微一笑还是开怀大笑，都是百媚丛生，香艳惊人。

褒姒无忧无虑，谈吐优雅，看到褒姒的人，即便是烦恼再多，也会暂时忘却，心生欢快。有人说，褒姒是褒国的国宝。

褒姒的命运因为一件事而彻底改变。

西周末年，周幽王继承王位。周幽王只知道整日地寻欢作乐，尤其是喜好女色，广博天下美女，终日不理朝政。各诸侯国国君纷纷进谏，都被周幽王骂得狗血喷头，不敢再有上奏。大夫赵叔带敢于直言，以三川枯竭，岐山崩溃，为国家不祥之兆，要求幽王勤政恤民，求贤辅国。幽王不但不听，反而将赵叔带逐出朝，永不录用。大夫褒姒闻听赵大夫被逐，连忙入朝据理力争为其求情，幽王大怒，以其慢君之罪押入牢中。褒姒的儿子洪德焦急万分，连忙找母亲商讨营救父亲的对策。洪德的母亲说，现在只有投其所好还有救你父王的一线机会。幽王贪婪女色，我们找个美女取悦于他，救你父亲。德洪说，我褒国的美女唯有褒姒了。洪德出重金，买下褒姒，带回家中。

洪德的母亲亲自给褒姒教授宫中礼仪。

褒姒咯咯地笑，学这些干嘛，我又不想进宫。

洪德的母亲说，你不是爱玩吗，宫里有许多好玩的东西。

真的，那我去。

要进宫里，就要懂得宫里的规矩。

褒姒就很认真地跟着学习宫中的礼仪。

褒姒有个从小就要好的明哥，青梅竹马。

明哥就喜欢看褒姒的笑，褒姒只要笑，明哥什么都肯为她做。

明哥，我的笑真有你说的那么好看？

嗯。比花儿还好看。

我过些日子就要随褒姁夫人去宫里玩了。

褒姒，我听说，他们是想把你献给周幽王，幽王的身边美女如云。

褒姒吃了一惊，赶忙回去问夫人，自己绝不进宫。自己有喜欢的心上人明哥。

夫人厉声喝道，个人儿女情长重要，还是国家的社稷重要。你进宫换回大人是我褒国的荣耀。你若不进宫服侍周幽王，那你的全家也要被赶尽杀绝。

褒姒和明哥相会在月光娇媚的河边。

褒姒说，明哥，你不是就爱看我笑吗，我今天就让你看个够听个够。

褒姒仰面朝天狂笑不止，泪水横流，直笑得河水哽咽，月儿憔悴。

第二天，褒姒随洪德进宫拜见幽王。幽王一见褒姒，两眼发直，看褒姒眉如山，目似水，指如玉，发如云，闭月羞花倾国倾城。

幽王大喜，立即差人把褒姁释放了。

幽王把褒姒视为掌上明珠，整日寻欢作乐。可是褒姒自进宫以后就再也没有笑过。周幽王听说褒姒的笑摄魂勾魄，就逗褒姒笑，幽王听说褒姒自幼喜闻手裂采绢之声，因其声清脆悦耳。幽王遂即取来绸缎绫罗，派宫女撕给褒姒听。褒姒仍不笑。幽王无奈，传下旨意：凡有人能让褒后一笑者，赏赐千金。

便有人进宫说笑话，耍把戏，做鬼脸，扮丑相。褒姒依旧不笑。有人专门从域外请来滑稽大师，此大师曾经在剧场演出，把现场的观众逗得笑昏了一半，笑死了一半。他使劲浑身解数，在场的人都捂着肚子笑倒了，褒姒不但没有笑，两眼还流出了泪。域外大师羞愧万分，当场就中风被抬了出去。

虢公献计说：在骊山之下，设有烽火台二十所。如有贼寇进犯，就放起狼烟，附近诸侯，立即带兵来救。今天下太平，烽火皆熄。大王何不偕娘娘登骊山，举烽火，使各路诸侯见烽火而至，乘兴而来，败兴而

返，娘娘必开心一笑了。幽王便照计而行。各路诸侯从四方八面跑得汗流浃背，来到山下，可是并没有什么敌情。原来是幽王寻欢作乐。便快快而归。褒姒并没有笑。幽王再试，褒姒依旧不见笑容，幽王只得作罢。

不久，犬戎发兵前来攻打镐京。幽王赶紧派人去点烽火，向诸侯求救。诸侯们还以为天子与王后嬉戏，全都按兵不动。镐京被犬戎人攻破，幽王逃到骊山脚下，被杀掉了，褒姒被犬戎人抓走了。

后人考证，褒姒在进宫的前一夜，因狂笑不止，面部笑神经受损，只能面无表情了。可怜那些逗褒姒一笑的人，江山丢了也不知晓是怎么一回事。更可怜的是褒姒，再喜再乐也无法表达，笑出了眼泪面部也无动于衷。于是，人们说，千金买一笑，谁难受谁知道。

摧 残

　　夏娃是这座古镇部落里最漂亮的姑娘，部落的人都以有夏娃而感到自豪。部落虽然偏僻，可每天从镇上来的客人却络绎不绝。有的来观光、度假，有的来经商贸易，其实都是想目睹夏娃迷人的风采。

　　夏娃和伙伴在街道里无拘无束地嬉闹，对每位盯着自己的人都报以灿烂的微笑。夏娃的灿烂微笑会印在人们脑海里一周都抹不掉，当那微笑刚刚淡去，人已鬼使神差的又站在了部落的街道旁。夏娃给部落里带来了什么，部落里的人都知道，也都能感受到，虽然大家都没有说出来。夏娃到了谈婚论嫁的年龄，可从来没有媒人登门。部落的人都认为，还没有谁家的男子会配上夏娃。只有部落首领的公子总要带着夏娃在街里兜几圈炫耀炫耀，好像他已经是夏娃未来的夫君。部落的人背后在向首领的公子吐舌头，长得跟蛤蟆似的，怎么能配上夏娃。镇里也有许多风度翩翩、潇洒倜傥的年轻人向夏娃表示爱慕之情，但是部落的人送给他们的回赠不是在回去的路上马车轱辘跑掉了，就是陷进村口的污水池，风度扫尽，狼狈不堪。

　　部落图腾狂欢夜，人们载歌载舞彻夜不眠。最后一个仪式就是还未婚配的部落男女跳钟情舞，无论男女，只要接受了对方的邀请，便是向部落的人宣布这对有情人就要结合在一起了。首领的公子在众目睽睽之下大摇大摆的走到夏娃的面前，伸出肥嘟嘟的手。夏娃笑了笑，绕过他，径自走到坐在篝火圈外的一个健壮的小伙子身边，拉住了小伙子的手。刹那间，人们停止了喧闹，只有篝火贪婪舔食柴草的噼啪声。夏娃选中的小伙子是部落里的一个铁匠，名字叫亚当。亚当在大家的记忆里只有叮叮当当的金属撞击声和疙疙瘩瘩的腱子肉。亚当把夏娃像鸟一般背在

身后，消失在暗夜中，人们才缓过神来，疯狂般地欢呼。

有了家的夏娃还像以前一样的漂亮，格外还增添了几分妩媚。夏娃拿到集市上的器具，总是被当作纪念品一样被抢购一空。只是亚当收工的锤声宏钟般飘来时，再忙的夏娃也要收拾起物品赶往家中，再好的姐妹也别想留住她。夏娃的表妹很好奇，不知表姐为何成了家这般守时。那天夏娃又赶回家时，表妹也尾随而至。表妹惊讶地发现，表姐在家竟然不穿衣物，上下一丝不挂。细问方知，强壮的亚当精力旺盛，随时都可能要夏娃满足他的欲望。为了方便，夏娃回到家干脆就不穿衣服。表妹脸红着跑了，刚出院子就听到了表姐幸福的呻吟声。

夏娃在家里不穿衣服的消息风一样传遍了部落。男人羡慕，羡慕夏娃的善解人意，对自己的女人便产生不满。女人羡慕，羡慕亚当的强盛，埋怨自己的男人不能让自己痛痛快快地满足。男人嫉妒，嫉妒亚当有了部落最漂亮的女人，还有旺盛的精力摧残她，而她还心甘情愿无怨无悔。女人嫉妒，嫉妒夏娃把部落里最强壮的男人掳走了，还脱光了衣服享受男人每天数十次的爱抚。男人愤怒了，愤怒的是亚当又不是种马，凭什么这样摧残部落的花一般的女人。女人愤怒了，愤怒的是夏娃是个女妖，纵容男人产生邪恶的念头。男人找到首领，控告亚当的罪恶要求按照族规，对亚当实施火刑。女人找到首领，控告夏娃的罪恶要求按照族规对夏娃实施火刑。首领的公子满脸淫秽地叫着，把他俩都烧死，全烧死。

部落的族长们认为夏娃亚当的行为是纵容了邪恶，败坏了族规亵渎了神灵，应处以火刑。村口架起了柴草，夏娃亚当被押到柴草前。首领罗列了夏娃亚当的罪恶，人们狂呼着：烧！烧！烧！首领问夏娃还有什么最后的要求。夏娃深情地望着亚当，说她想在亚当的爱抚中去见神灵。夏娃在部落的众人面前脱去了自己的衣服，在族人张大了嘴巴的惊愕中，夏娃洁玉般的酮体与亚当紧紧缠在一起，淹没在熊熊烈火中。

部落恢复了平静，平静的部落人心里却像少了什么似的不自在。部落的人们开始互相埋怨、嫉妒、猜疑、咒骂、攻击、仇恨。镇里的人不再去部落，这里的部落摧残了人们心中的美丽。不久，这个摧残了美丽的部落就消失了。

辫 子

1970 年暑假，学校文艺宣传队里来了一位新同学，叫荷花。

那天，王老师把荷花带进排练室，大家都有点发愣。荷花不但长得好看，还梳着一条又黑又粗漫过腰的大长辫子。当时的年月，要破四旧，立四新，女同学都是短发"革命头"，扎两根小辫也是长不过肩。荷花留着"四旧"的长辫子，还敢到宣传队里来炫耀。就如平静的湖水里丢进了一颗炸弹，宣传队里乱了套。

荷花的长辫子特吸引我们男生，排练休息的时候，"李玉和""郭建光""胡传魁"都爱围着荷花转。演李铁梅的马丫心里不舒服了。马丫是宣传队里的台柱子，只要排节目，马丫就是当然的女主角，被老师和同学宠得跟公主似的。马丫走路头仰得高高的，很少跟我们搭腔。马丫长得也好看，就是头发又黄又稀，演出时得接上个黑黑的假辫子，上黄下黑，我们都叫她"二合一"。马丫对荷花那条大长辫子很嫉妒，更看不惯我们围着荷花屁股后面转的臭德行。马丫找到驻校的"贫农代表"雷大爷，告状说荷花留长辫子是资产阶级"小情调"，是封资修的"黑货"。雷大爷十分重视这个阶级斗争的"新动向"。他找到王老师谈话，要校宣传队引起"高度重视"。把留长辫子的问题列入议事日程，不能让这种"小资产阶级"的思想自由泛滥。

王老师十分为难，对我说："你是宣传队长，你找荷花同学谈谈吧。"

我心里也很不情愿，可这是"革命任务"，必须完成。那天排练结束后，我和荷花一起回家。荷花很高兴，一路甩着辫子唱着歌。我就开始和她聊辫子，说留个长辫子洗头不方便，还浪费肥皂，剪短了算了。荷花吃惊地望着我，把辫子护在胸前，说剪不得，剪不得啊。荷花和我讲

了她梳长辫子的原因。荷花的妈妈生下荷花不久，得了场重病，双目失明。荷花的爸爸当兵在外地，荷花是在妈妈的爱心拉扯下长大的。荷花的妈妈每天都为她梳头扎辫子，荷花说，妈妈给自己梳头扎辫子，是妈妈最快乐的事。妈妈给荷花扎辫子成了对女儿爱的一种寄托。如果荷花把辫子剪掉了，她妈妈还不知会怎么难过呢。

怎么办？我和荷花坐在小河边，望着清凌凌的河水发呆。到了荷花家，我对荷花的妈妈说，阿姨，你能不能把荷花的辫子变得短一些。荷花妈妈笑着说："多短才行啊？"我说，反正不属于"小资产阶级"就行。荷花妈妈依然笑着说："行啊，我把荷花的辫子盘起来就好了。"

第二天，荷花来到学校，粗黑的辫子盘在脑后，嗬，像盘着一朵荷花，更好看更漂亮了。马丫又去告状，说有人把资产阶级的尾巴盘在头顶上是何居心。那天正好排练一首歌曲"从北京到边疆，革命红旗迎风飘扬"。我有了主意，建议把这首歌编成舞蹈，大家化妆成各民族的小朋友，荷花可以化妆成新疆小姑娘，把粗辫子分成十一根小辫子。因宣传需要，辫子自然剪不得。王老师高兴地拍拍我的头，说："就你会耍小聪明。"荷花的脸上也露出了甜甜的笑容。

好事多磨。不久，学校就接到通知，要参加县里的会演，各学校代表队只能演"革命样板戏"，其余节目都停排。歌曲舞蹈不能排了，荷花的辫子问题又提到"议事日程"上来了。雷大爷给一周的时间让荷花反省反省，要么离开宣传队，要么剪掉辫子。还说："咱无产阶级的娃，不能扎资产阶级的辫。"荷花哭了，哭得特别伤心，她说她舍不得离开宣传队，把辫子剪掉算了。几天后，学校组织预演，取得"革命胜利"的马丫得意洋洋地故意让我看看她的假辫子扎得紧不紧。忽然一个念头在我心中闪过，我用手将"二合一"的假辫子往下捋了捋说："扎结实了。"演出开始，当演到《红灯记》选段"仇恨入心要发芽"时，情况出现了，马丫把那根"二合一"的假辫子给拽掉了。台下同学都笑了，说还是人家马丫的阶级感情深，连辫子都给拽断了。马丫捧着"二合一"的辫子坐在台上大哭。

宣传队开了"斗私批修"会，王老师作了检讨，马丫作了自我批评。我是队长，也因把关不严，作了深刻的"思想解剖"。我提出建议，为了

防止以后出现此类事情，应该从根本上解决问题。比如，"李铁梅"就可以让荷花同学演，她那根大长辫子就是"仇恨入心"一百次也揪不下来，马丫同学可以演不扎辫子的英雄人物，比如"阿庆嫂"。大家都鼓掌赞同，特别是男同学把手都拍红了。"贫代表"雷大爷也不住点头。从此，再也没人对荷花的辫子说三道四了，谁敢去剪掉革命英雄"李铁梅"的辫子呀。

10 年后，我在部队当兵时，收到荷花寄来的信，还附有一张她扎着长辫子的照片。信上说，她就要当新娘了，要剪掉长辫烫个漂亮的发型，这照片是留作纪念。她说，这辫子虽然剪了，但我为她保护辫子的故事她是不会忘记的。

是的，我也不会忘记。

袭 击

我们要对班主任项霞的宿舍进行袭击!

晓晓,你真听清楚了吗?项老师今晚要谈对象?

向毛主席保证。是校革委会张主任亲口对我说的。晓晓急得有些结巴。

你再说一遍。

张主任对我说,你们项霞老师要谈对象,还是个飞行员,要是对象谈成了,项老师就得随军,就不能给你们当班主任了。

绝对不能让项老师走。

那怎么办?

今晚就袭击,让她谈不成对象。

月亮又大又圆,静静地挂在空中,几朵云彩轻轻地推着它游走。

晓晓说,今晚的月亮真美,就像项老师。

项老师比月亮还美呢。别看她比我们大不了多少,可她却能把我们这群调皮捣蛋的孩子摆治得服服帖帖。

那天,她第一次来上课,我们准备了一套捣蛋的方案,准备给她一个下马威。

项老师漂亮得像电影明星。她说,我刚来,先和同学们认识一下。项老师点了我的名,我故意把"到"字音拉得很长、很长,项老师笑了,小剑,你很聪明,听说三个人才能抵得上你一个,大家都叫你"小诸葛",三个臭皮匠才能抵上一个诸葛亮啊。

同学们都笑了。

项老师继续点着名,晓晓,听说手巧身巧,制作的小木枪跟真的一

样，学校宣传队都用它当道具，能不能也给老师做一把？你爬树技术高超，能端掉鸟窝和蜂巢？军军，我们学校的长跑冠军，参加公社田径赛得过第二名对吧？还能一跳三摇地跳绳；冬冬是学校里的拔草冠军，每年交给学校的草超过一千斤，几乎天天早晨第一个到校给班里生炉子。

项老师微笑着，点着同学的名字。我们这些调皮捣蛋的学生，在她眼里竟然有那么多的优点和特长。下课铃响了，我们才发觉准备好的捣乱方案没用上。

我们班进步了，妈妈拿着我的考试成绩，脸上第一次绽开花样的笑容：项霞老师就是不简单，还真把你们这些浑小子收拾住了。

报告班长，我看到有人进项老师的宿舍了。

准备行动！

晓晓猴子一样三两下就爬到高高的白杨树上，透过项老师宿舍的玻璃窗，观察屋里的情况：项老师坐在炕沿上，那男的坐在椅子上。项老师给男的倒水了，他们在说话。男的拿着扇子给项老师扇，报告班长，不好，那男的也坐到炕沿上快和项老师坐在一块了……

开始袭击！军军拿着木棒捅门，我们把手中的细沙撒向玻璃窗。

晓晓一吹哨，我们就迅速隐蔽到暗处。

项霞老师和那男的一起出来了，四周看了看，没发现什么又回到屋里。

晓晓又在报告：报告班长，不好，那男的拉项老师的手了……

猛烈袭击！

暴雨般的细纱撒向窗户，门被木棍捅得咚咚响。

项霞老师走到屋外，静静地在门口站了一会。她抬头看着天空中的圆月，朝着我们隐蔽的方向说：小剑，晓晓，老师知道是你们。听老师话，天晚了，快回家吧，啊。

班长，怎么办？撤！

第二天，项老师见到我们脸都是红红的，我们装着没事一样。

晓晓说，大功告成，听张主任说，项老师和那个飞行员对象没说成。

乌拉——我跑回家，高兴地把项老师谈对象的事告诉了妈妈。

妈妈拍了一下我的脑袋：傻孩子，你们不懂事啊。小项老师要是能

找个飞行员对象，小项老师就可以不用下乡，可以继续教学了。你们那个张主任没安啥好心，总是围着学校的女老师转，像只苍蝇。

我懊悔极了，找晓晓打了一架。

晓晓揉着头上的包：班长，我妈也是这样说的。那天，我还看见项老师哭着从张主任屋里出来，头发乱乱的。看来，我们上当了。

给项老师找个对象，而且还得是个飞行员！全班同学都发动起来，每天放学，我们都到学校附近找解放军，叔叔，你是飞行员吗？你和我们项老师谈对象吧，我们项老师可漂亮了。

全班的行动已影响了正常的功课，项霞老师急得掉眼泪，问我们怎么回事。我们向毛主席保证过，打死也不说。

我们没有给项老师找到飞行员，项老师要下乡走了。

项老师拉着我的手说，小剑，你是班长，一定要带头好好学习，班里成绩上不去，老师走了也不会安心的。

我终于忍不住了，扑在老师的怀里：老师，我们是在给你找对象，找个飞行员对象。

项老师搂着同学，大家哭成一团。

当晚，我们对校革委张主仼的宿舍进行了　次猛烈的袭击！

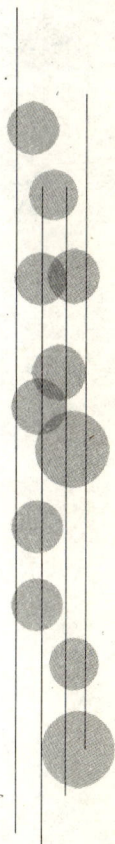

朦胧少年

一

我那年喜欢同院里的一位大姐姐。

大姐姐长得可好看。

高高的个，长长的腿，走路一蹦一跳，脑后的马尾辫甩来甩去。

大姐姐喜欢和女孩子们跳大绳。

两个人抡起拇指粗的大绳，其余的人排起长队依次从绳中穿过，谁被绳子拌住就被罚去抡大绳。

我喜欢看大姐姐跳绳，男孩来找我去玩"攻城"游戏，我不去。

他们说我爱和女生玩，流氓。我不理他们。

大姐姐跳出了汗，就从花格格上衣兜儿里掏出一块叠得四四方方的白手绢，轻轻地揩额头上的汗。

我都是把汗和鼻涕一起贡献给自己的两只袖头，袖口蹭得黑亮。

我想引起大姐姐的注意，故意从她身边跑来跑去。

大姐姐根本没觉察到我的存在。

想起来了，我刚刚学会了侧手翻筋斗。

我开始在跳绳的女生旁边翻筋斗，一个接一个。

有几个女生看到我了，大姐姐没看到。

我又转到大姐姐的对面继续翻，累得气喘吁吁。

我看到大姐姐用手指把零落的头发往耳后捋捋，继续跳绳。

我的筋斗就随着大姐姐的视线走。

头晕目眩，天旋地转，砰，身子打了几个滚就轱辘到大绳里了。

我终于引起了大姐姐的注意，听她问身边的女孩：这谁家的孩子？怎么这么讨厌！

妈妈惊奇地看着我头上的包，问怎么回事。

我委屈地哭，说，你给我买块白手绢！

二

部队大院俱乐部前面是个足球场，我们称它为大操场。

大操场四周长满了树，有柏树，有果树。

果树挂果时，孩子们都爱去大操场玩。

家长再三交代不能去摘公家的果子，可馋嘴的孩子管不住自己。午睡时是大人最少的时候，也是孩子们去大操场的最好时机。

我远远就看见大姐姐和一群女生在一棵大果树下踢毽子。

我知道她们也想摘树上的果子，踢毽子只是作掩护。

果然，她们开始想办法摘果子了，用根小棍敲打。

我至今也没记住那是棵什么果树，树干灰黑，结的果子有玻璃球大，三五个一串，酸酸甜甜的。

女生打落了低处的几个果子后就望果兴叹了。

我看到大姐姐仰头望着树上的果子，嘴里还喃喃地说，红的都在高处。

我从没上过树，却不知哪来的勇气，自告奋勇地爬上了果树。

诱人的果实都在"险峰"处，我骑在树枝上一点一点靠近果实，摘下一串一串的果子抛到树下，红的，大的，我就抛给大姐姐。

我看到了大姐姐满足的笑，她还不时地给我指点着，右边，右下方那串，对对。左前方，头顶上，对。大姐姐的声音真好听。

我还兴致勃勃，女生已经吃够了，开始嚷着牙酸。

不知道是谁说，该吹起床号了，走吧。

女生嘻嘻哈哈就往家属院走，大姐姐就没再回头往树上看一眼。

我才知道自己陷入了多么糟糕的境地，我没法从树上下来。

人走光了，我裤子都蹭破了，还是下不来。我就大喊大叫，结果纠察叔叔找梯子把我拽下来了。

叔叔把我交给我妈，我屁股上狠狠地挨了一脚，嘿嘿，不疼。

三

大操场的一端有沙坑，孩子们在沙坑堆沙堆，挖地道。

大姐姐来了。拿了一根竹竿，把小孩子往沙坑外轰。

学校开运动会，大姐姐参加跳高比赛。

大姐姐看着一群小孩，说谁来举竿子？

我高高地举起了手。

我和二胖被选中擎竿。

大姐调整了一个高度，就这样端着，别动。

大姐姐跳了一次，没过。又跳了一次，还没过。大姐姐皱了眉头。

第三次，大姐姐跳过去了。我讨好拍手。

二胖告状说我故意把杆子放低了。

大姐姐很生气地拨拉着我的头，捣什么乱。去一边，换个人来。

我砸了二胖家的玻璃。

四

大姐姐被挑选参加部队的文艺宣传队，和一群当兵的唱歌跳舞。

我放学就到俱乐部去看大姐姐的排练。

大姐姐唱不好一段曲子，当宣传队队长的叔叔在说大姐姐。

大姐姐哭了。

我也难受，回家不吃饭。

我就找碴整我们班的阿飞，我是班长，我有权。

我罚他扫地、打水、倒灰，阿飞不服，不服就揍他。

阿飞的爸爸带着阿飞来我家告状。

阿飞的爸爸是宣传队队长。

大姐姐要和宣传队下部队演出。

叔叔阿姨在往车上装道具，大姐姐站在一棵榕树下，榕树开满了小扇子一样的粉红色花。

大姐姐坐车走了。

我每天放学都到大姐姐站过的那棵榕树下盼她回来。

有一天，放学后，我找不到那棵榕树了，到处都是新挖的坑。

爸爸回家，说参加了义务劳动，把俱乐部前面的树都移走了，要扩建修路。

晚饭后，爸爸说要继续给我讲故事，我捂着耳朵大声说，我不听！

五

远远就见大姐姐和几个女生有说有笑。

刚刚下过雨的大操场留下一洼一洼的浅水。

天很蓝，云很白。水中有蓝天和白云的影子。

大姐姐小心翼翼地踮着脚尖绕过水洼。

我觉得自己表演的机会来了。

我刚刚参加了学校的运动会，获得小学组跳远第一名。

我瞅准了个好机会，大姐姐正好走到一片水洼前。

我噌噌奔跑过去，腾地跃起，从水洼上一跃而过。

我听到了女生"哇"的惊叹声。

我忽略了脚下的路还很滑，落地后，整个后背贴着地皮就滑出去了。

在女生嘻嘻哈哈的笑声中，我听到大姐姐说，跃起的一霎还挺潇洒。

我脸臊得通红，爬起来就跑，不让大姐姐看出我是谁！

大姐姐参军了，绿军装，大红花，真好看。

我们学校扭秧歌欢送。我扭得最欢。

在大姐姐的那辆车前，我扭着秧歌不走。

后面的同学催我，我还不走。他就推我。

我摔倒了。

大姐姐笑了，还和我挥挥手。

我心里那个美啊，真感谢把我推倒的那个同学。

回到家，洗完脸照镜子，

忽然想起，我戴着大头娃娃面罩扭秧歌，大姐姐根本就看不到我。

我再也见不到大姐姐了，才发现自己的腿也蹭破皮了。

我转身找推倒我的那个同学算账去！

六

若干若干年后，我和大姐姐不期而遇。

说起部队的大院，她点头，记得记得。

说起俱乐部，大操场，她点头，记得记得。

说起大果树，宣传队，她点头，记得记得。

说起我当初的种种表现，她摇摇头，是吗？我怎么不记得？

我的泪啊……

山楂果

　　天空像捂了层棉被，不透一丝风。河边的鹅卵石晒得要冒油，踏上的湿脚印像受了惊的野兔转眼就逃得无影无踪。我爬在蒸笼般的玉米地里纹丝不动。仿佛整个世界都被晒蔫了，没了一点生气，只有树上孤独的蝉鸣，越发显得沉闷。远处传来母亲的呼唤声，该是吃午饭的时间了，我不敢动，更不敢应声。

　　不知为什么，我看守的一片玉米地，这几天总是丢玉米棒，每天三五个。护秋小组的同学还怀疑是我嘴馋，偷着烧玉米吃。马飞煞有介事地说闻到我嘴里的烧玉米味，还抽了几下口水。我吵也没用，自己没守好阵地，怨谁。只有抓住偷玉米的贼！护秋小组的同学都很认真，只有中午吃饭才离开一会儿，盗贼肯定是钻了这个空子。

　　爬在密不透风的玉米地里，如雨的汗珠浸湿了腮下的泥土，我一动不动。前方传来窸窣声，我紧张地睁大眼睛，握紧手中的木棍。听到掰玉米的"咔嚓"声，我一跃而起，冲着人影扑去，大喝一声：不许动！那人"妈呀"惊叫瘫坐在地上，捂着脸呜呜地哭起来。

　　班长，是我。

　　江兰？我吃了一惊。

　　你，你怎么能——拿学校的东西。我实在说不出那个"偷"字。江兰是班里的劳动委员，学校田里积肥，江兰的拾粪筐堆的最满；学校割草，江兰背的草捆最重；能吃苦能受累，长得白净秀气却不带一点娇气。

　　江兰，你这是怎么回事？

　　江兰止住哭泣，班长，我家没有粮食了。

　　不许你瞎说！全国一片红，形势大好。贫下中农怎么会没粮食吃？

班长，你是部队子弟，不知道农村的事。我家是富农，父亲成天挨批斗，母亲去世，弟弟病了几天，家里也没粮。我看着弟弟实在可怜，就想到了学校的玉米，我以后加紧劳动给补上。

那你干嘛总在我看守的地里掰玉米？

你是班长，别的同学不会说什么的，我也觉得你心善。班长，我再也不干这种事啦，你千万别告诉老师。江兰又呜呜哭起来。

我把撒落在地上的几穗玉米塞到江兰手里，你走，快走吧。

江兰一双泪眼不放心地望着我。

你走吧，我保证不告诉老师。江兰走了，我心里就像这密不透风的玉米地，闷得难受。

开学后，学校分给每个同学五穗玉米，我将自己的那份悄悄放进江兰的书包。第二天，我发现书桌里有一包东西，打开一看，是红红的山楂果。我拿起一个，咬一口，甜甜酸酸的，好吃。

江兰说，她家院子里有棵山楂树，挂满了红红的山楂果，你喜欢吃，我天天给你带。以后，隔个几天，我的书桌里就会有包山楂果，我和江兰的交往也多了。学校每次劳动，江兰都是干得汗流浃背。每次老师表扬江兰，她都脸红红的，头低低的。

期末考试后，学校评选优秀班干部，同学推荐我，马飞不同意，说我看护学校的玉米时，偷偷烧玉米吃。我的头立刻就蒙了，大声分辩道，不是我，是江兰。教室里霎时安静下来，大家都将目光投向江兰。江兰张大了嘴巴惊愕地望着我，忽然捂着脸，大哭着跑出教室。

我当选了优秀班干部，还因为揭发富农子女破坏集体财产的行为受到表扬。江兰没再来学校上课。许多同学都不理我，连马飞也说我是个叛徒。我心里难受极了。一天，马飞悄悄告诉我，他在东坡打鸟玩，看到江兰在割草。放学，我跑到东坡，果然是江兰在割草。

江兰，你为什么不上学了，班里同学都想着你呢。江兰发狠地割草，脸上泪水霏霏。我真不知该说什么，就默默地看着她割草，捆草，背着沉甸甸的草捆一言不发地离去。我听说割草交到生产队可以记工分的。那几天，我抽空就往东坡跑，悄悄地割了一大堆草，可就是见不到江兰的面。我坐在草堆上发呆，走过来一个大脑袋男孩，说大哥哥你别再割草了，我姐姐不会要的，她已经不来这里割草了。大脑袋男孩走了，我也不知为什么委屈地号啕大哭。

一个学期很快就过去，我家就要搬到千里之外的老家。临别那天，班里的同学都来送行。汽车就要启动，一个大脑袋男孩气喘吁吁跑来，把一包东西塞进我的怀里，扭身就跑。我打开一看——是红红的山楂果！泪水立刻模糊了我的双眼，我探出身子向远方使劲地挥手。

转眼间，三十年过去了。我至今还怀念那红红酸酸甜甜的山楂果。

阳台晾着花裤衩

　　同志们，不知道你们是否也有这样的感受，现今人们居住的距离越拉越近。昨天还"天涯若比邻"呢，今天就对面存知己了。就说我住的这栋楼吧，刚搬进来时孤零零挺立在南郊野外，四处无邻。大家还骂单位的领导缺德，住这儿跟发配差不多。仅过了一年，这里就高楼耸立，"妻妾成群"。可气的是我住的楼前与新建的一栋住宅楼的间距竟不足 5 米，站在各自的阳台上几乎可以手拉手了。夏天挡风冬日遮阳，反映告状也没解决问题，几十户人家还是喜气洋洋乔迁新居了。我气呀，每天都朝对面阳台啐了几口吐沫。

　　同志们，我知道往对面阳台啐吐沫不好，不卫生还少涵养，可我没其他发泄的办法啊。再说也还没见住进去人呢。那天早上，我照例来到阳台，鼓足腮帮正要往对面发射，忽然看见对面的阳台上晾晒着一样东西。裤衩，一条红底蓝花的裤衩，我把即将发射的"炮弹"又咽了回去。那条花裤衩随微风轻轻的摇荡，毫不忌讳自己的隐私，像一面颇具个性的旗子向四周挥舞宣告新主人的到来。这个女人不寻常。想到这句戏词，我乐了。

　　看着花裤衩在肆无忌惮地飘着，我产生了一种想见见它的主人的欲望。我不时地到阳台上浇浇花，晾晒件衣物，打扫打扫，却始终没有见到女主人出现。我猜想，把自己的私物如此张扬地挂出来的女人有两种类型。其一是大大咧咧的女人，对什么都不在乎。单位的出纳马大姐就是这号人，跟什么人都能开得了玩笑。喂孩子当着你的面就掏出奶子，你说她几句吧，她就敢伸手抓你的裤裆，直到你求饶。在办公室她也能痛痛快快地放响屁，还加上一句：呵呵，你们各位都吃了吗？你就是噎她一口，抓她一把占点便宜她也不恼。这种女人好处，男同胞都喜欢。其二是开放型的女人，单位的会计赵小姐就是这号人。赵小姐穿戴是单位里最时髦的，鼓鼓的胸脯总是露出一少半，引得男同事同她说话时总想踮起脚。同事都说小赵的情人有一打，每天有不同的男友请她吃饭跳舞。同事请她她也不拒绝，还大大方方挎着你的胳臂，亲密得像一对热恋中的情人。好像只要你提出什么要求，她都能答应。男人就怕这种女人，似乎随时都能让你吃上荤，又随时能让你惹上臊。两种女人却能与大老爷们在一个办公室和平共处，这不能不说我们在火候的把握上已经到了炉火纯青的地步。这位飘扬着花裤衩的属于哪一类型呢？

对面的神秘邻居好像有意与我捉迷藏，几个星期没见她露面。那条花裤衩不知何时又换成白底红花的赤裸裸的性感地飘着。昼伏夜出，莫不是舞厅的小姐。终于有一天，对面卫生间的灯亮着，影影绰绰有一个人在冲澡。我不由自主地伸长了脖子，同志们啊同志们，我可没有不健康的想法，你们不是和我一样想了解那条花裤衩吗？好奇没有错，正因为人们有了好奇心才有了发明创造啊。可以想象她洗得很投入，水开得很大，哗哗的水声我都听得见。要命的是窗帘时不时地被夏日的微风掀起一角，隐约看到沐浴人酮体的某一部分。我想起电影电视里经常有的镜头，女主角被人欺负或伤心至极便在浴室劈头盖脸的冲洗。这，这也太富有刺激性啦，怎么能不让人想入非非浮想联翩心潮起伏汹涌澎湃！就在我精神抖擞朝气蓬勃时，浴美人竟赤裸着上身举着个花裤衩走到阳台上晾晒。看到我伸着脖子瞪着眼睛的专注劲，他发火了：看什么看，没见过，你变态！

我变态？你才变态呢！同志们啊同志们，他大老爷们家竟然穿着花裤衩，花裤衩啊！

神刻张邈

　　神刻张也说不清楚自己是不是真的喜欢上了寡妇黄花。他把自己的店从老街搬到了城西，心里就从来没有安静过。

　　神刻张大号张邈，年方 28 岁。以他的年龄能在老街闯出名声，冠以神刻，足见是有两把刷子的。张邈自幼聪颖，家境贫寒，无钱供他读书。村里的私塾先生十分喜欢张邈，便在学堂外教他读书识字。老先生也是篆刻高手，张邈就跟随先生学到了手艺。老先生过世后，留给了张邈一套祖传的刻字工具。张邈为练手艺，在村后的石崖上刻字，把一片石崖刻满了三字经。

　　张邈来老街闯荡刚好二十岁。张邈的功夫虽然在当地已经小有名气，但想到老街闯荡可不是个容易的事。老街聚集了古城的名士贤达文人墨客，类似沾点文雅的店铺开张，都会受到他们的品头论足。如果被这些人臭一通，那你的生意就清淡得差不多要关门了。更不用说，早在老街立住脚的同行撬斗，老街人固执，爱逛老店，不太凑新店的热闹。

　　张邈的店刚开张，就来了一个客户。一身长衫，头戴礼帽，架着一副眼镜。坐下喝了口茶后，从怀里取出一个红布包包，小心翼翼地一层一层慢慢打开，露出个精致的缎子面木盒，轻轻地掀开盒盖，又是一个红布包。客户把红布包置于掌心，并不急于打开，站起身对张邈说，看到你新店开张，想必是功夫不穰。我这活不知先生接是不接？

　　张邈双手一掬，您是我小店开张的第一位客人，感激不尽，岂有不接之理？

　　客户这才慢慢揭开红布，拿出一粒绿豆般大的白玉，这可是我家祖传的一块宝玉。我用这块玉要刻一枚私章，这是我的名片。

张邈接过名片，客户的名字是瞿衢鐻。张邈知道，遇到上门滋事的了，一定是老街上的同行所设置。

客户又说，我家这块祖传的宝玉，怕光。先生在篆刻时切记不能开窗开灯。

张邈说，玉月有缘。今晚正是十五，我在月下为先生制作此章。先生明日可来取货。

客户说道，好。明日开店，我与老街三大贤达同来验货。言罢起身走人。

皓月当空，树孤影单。张邈的身影在院中时长时短。

第二天一早，张邈的店门刚打开，门外已经等候着昨日的客户。

张邈将客人引进屋内，捧出一个缎面纸盒，从中拿出一个指甲盖大小的石盒。仅就石盒就令来客惊奇，小石盒精灵剔透，上面还刻有龙凤图案，更绝的是，石盒上还带着一把小石锁和一把石钥匙。用钥匙打开石锁，里面安逸地躺着那枚小小的玉印。客户小心翼翼地捏起玉印细观，只见字是篆刻在玉石通体表面。张邈拿出印泥，把玉印在上边蘸蘸，又递过一方宣纸，玉印放置于宣纸上，食指轻轻按住玉印，慢慢一推一滚，瞿衢鐻印四个字便跃然纸上，小篆秀逸婉丽，灵动多姿又规整肃然，遒劲浑穆，洋溢着秦汉风韵。

客户叹服，连连称赞，神刻，神刻啊。

"神刻张"便在老街叫响。

张邈爹妈在老家乡下给定了一门亲事，张邈不愿意也没有办法，只好拖着，也极少回家。

张邈在老街做营生，心静神安，可是自从见到了寡妇黄花后，心神就不再安静。老街人都传说黄花生活作风不好，有时半夜三更能听到黄花送相好的吆喝声，正经人家是不与黄寡妇来往。张邈就是放心不下，借故去黄花店前转悠，看到黄花安逸的笑容，张邈浑身都透着舒坦。张邈借故给黄花刻了一枚印章，那印章细看方能看出带有心字形状。张邈知道自己和黄花难走到一起，可是控制不住，想。

张邈的母亲知道了儿子相中了老街的寡妇，又哭又骂，以死相逼。

张邈为了避开黄花，把店从老街迁出，安在涧西。店搬出了，心思

却挪不动。人也常走神。接手活不多，还出错。

那日，老街"马一鲜"羊肉汤馆的老板马善明来找"神刻张"，请张邈把祖上留下的牌匾修补缮新。见到张邈魂不守舍的状态，马善明说，都说你和黄花有点事，到底是哪门子事？

张邈说，没事，确实一点事都没有。

马善明说，我去过黄花的店，看到她总在那包装纸上盖印章，是你给刻的章吧？你说你们俩，要好就大大方方地好，要不好就立马两断。就这么拖拉着，对你们不好，对老街也不好。你一个大男人没有啥，人家一个寡妇，不容易啊。

张邈就去了老街，告诉黄花，自己要回乡下成亲了。

黄花将将鬓角，说，成了亲，店还搬回老街吧。生意，还是老街好做。

张邈说，黄花，晚上，你能吆喝我一回吗。

黄花有些恼，怎么，你相信街上的传言？

张邈说，我不信。我就是想亲耳听你吆喝我一回。也不枉我俩……

月夜，老街定格了一般的安静，月光洒在青石板上，泛着冷冷的光。

张邈站在黄花家的门外，黄花，我走了。

门开了，黄花对着空空的街道，柔柔地喊道，张邈哥，还来啊。

门重重地关上。

门里门外两个人已是泪水滂沱。

戏　魂

　　梨花白在老街唱红时，年方十六岁。

　　梨花白六岁开始跟着师傅学艺，拜在梅派名师门下。在老街首次登台时，正值梨花满天，一院春色，师傅便给她起了个艺名梨花白。

　　梨花白登台唱的是梅派经典剧目《贵妃醉酒》。梨花白扮相俊秀，嗓音甜润，念白、唱腔、舞蹈、水袖，一招一式，举手投足都深谙梅派风韵，老街人听得如醉如痴。

　　梨花白走出戏楼已是午夜，一轮弯月苍白地挂在丽京门的檐角，青石板路泛着幽幽的冷光。一辆车轻轻地来到她的面前，拉车的是一个和她年纪差不多的小伙子。

　　老街人歇息得早，天黑收店，吃饭睡觉。半夜里是不会有啥生意的，尤其是个拉车的。

　　这么晚了，还没有收工？

　　小伙子憨憨地笑，我是在等你，天黑，路上怕不安生。

　　梨花白好生感动。去怡心胡同。

　　车子在青石板路上轻快地颠簸起来。

　　老街的戏园子在城外两里地。从丽京门到戏园子，一色的青石板路，为了听戏能够清净，这一段路只能是步行，唯有拉车的才能上路。青石板路在戏班子唱戏时才热闹一下，沿街两边卖各种小营生的摊贩忙碌着，多半是些小吃水果。在这里可以吃到纯正的不翻汤、浆面条、绿豆丸子汤。戏散人静，青石板路便又恢复了没了活力的冷清。

　　车子在青石板路上微微颠簸，却是很舒适。许是太累了，梨花白在轻微的颠簸中闭上眼睛睡了。拉车的小伙子放慢了脚步，双手攥紧车把，

让车子走得更平稳些。怡心胡同到了，小伙子不忍心叫醒梨花白，车子拐过头又跑回去。梨花白醒来，看见小伙子气喘吁吁，后背已经被汗水浸湿。

梨花白连忙表示歉意，小伙子乐呵呵地说，没事，我爱听你唱戏。只要你有戏，多晚我都等你。我姓程，你叫我程子就中。

程子真的每次都等着拉梨花白，并且说啥都不收钱。梨花白说急了，程子就呵呵笑，说，那中，啥时候你给我唱出戏就中了，我爱听《贵妃醉酒》。

一个雨夜，程子送梨花白回家，发现胡同门口有几个不安生的身影。程子也就没走，躲在一个屋檐下。

梨花白住的二层木楼上果然传出了动静。程子飞一般蹿过去，跑上二楼，推开了门。几个痞子满嘴酒气，梨花白单薄的身子缩在床角发抖。

痞子对程子来搅和他们的好事极其恼怒，三五下就把程子打翻在地。程子满脸是血，依然倔强地站起来。

痞子头说，看来你真是想逞能了。那我成全你，今天我要不了女的就要你。你是干啥的？

拉车的。

靠腿脚吃饭啊。那好吧，今天我废了你的腿，就放过这个小妞。

咋都中，你们别欺负女娃。不然，就是打死我，我也拽个垫背的。

痞子掏出了刮刀，程子的一双脚筋被他们生生挑断。

虽然那几个痞子后来被法办了，但是，程子只能坐轮椅了。

程子学了剪裁手艺，在丽京门下开了"贵妃醉裁缝店"。每天接送梨花白的是她师兄洛半城。老街人都说梨花白和她师兄是天造的一对，可就是等不到他们结合的消息。

动乱的年月，剧团由造反派接管，梨花白被当成资产阶级的黑苗子遭受批斗，发配到街道去扫大街。

程子转着轮椅，找到"靠边站"的洛半城，说，我听着剧团里演李铁梅的那主嗓子不中，不洪亮。英雄李铁梅声音不洪亮咋能鼓舞咱老街人们。你和剧团头头说说，可以让梨花白伴唱，这也是接受改造，接受教育嘛。

剧团头头觉得革命群众说得有理，就把梨花白抽回团里，在幕后为演李铁梅的演员伴唱。老街人知道后，都去听梨花白唱戏，听戏的人多了，革命阵地牢固了，剧团头头挺高兴。

中秋时节，梨花白发烧，嗓子不佳，她和剧团头头请假。头头瞪着三角眼不允许，中秋节快到了，要过革命化的中秋节，死了都要唱。

结果梨花白在唱《打不尽豺狼决不下战场》时，倒了嗓子。剧团头头说梨花白故意破坏，还是想着那些才子佳人。在戏园子的土台子上，不但批斗打骂梨花白，还要她把《打不尽豺狼决不下战场》唱一百遍。

梨花白只唱得嘴角渗血，气若游丝，昏死过去。从医院出来，梨花白彻底失音，别说唱戏，说话都如蚊子嗡嗡。洛半城气愤难平，把剧团头头狠狠揍了一通，从此不再唱戏。

一个艺人，不能唱戏，活着还有什么意义？梨花白来到了洛河边。皓月皎皎，秋水依依。梨花白的脚刚刚踏进河水，却听到洛河桥上传来《贵妃醉酒》：海岛冰轮初转腾，见玉兔，玉兔又早东升。那冰轮离海岛，乾坤分外明——竟然是程子。梨花白哭倒在程子怀中。

动乱过后，梨花白又回到剧团，担任艺术指导。退休后常常和洛半城推着程子去广场听大家聚会唱戏，三人真的是发如梨花。

又是一个中秋夜。老街戏园子那座土台子上，梨花白和洛半城油妆重彩，在冰冷的月光下，倾心上演《贵妃醉酒》。

台下没有观众，静静的场子里，只有一辆空空的轮椅。

香露儿

香露儿是我的高中同学。

香露儿长得漂亮，那种纯朴的漂亮让我们班城镇户口的女生都会羡慕嫉妒恨。当时学生有城镇户口和农村户口，虽然同在一个班里，可是城镇户口和农村户口的同学之间还是有距离有隔阂的。上课一个课堂坐着，下课和课外都是各找各的群。农村户口的同学如果和城镇户口的同学走得太近，会让人觉得他是找巴结，农村同学也对他翻白眼。

香露儿根本不在乎。她会大大方方地参与到城镇集团中来。有时我们的话题多是县城里的事情，根本插不上嘴，她就忽闪着大眼睛长睫毛认真地听，有时有感慨，她就插上几句，不卑不亢，让人很舒服。

我知道香露儿喜欢我，看我的眼神，对我的仰望，我都能感受到。我也喜欢香露儿，家在农村，父母没有多少文化，却给她起了这么充满诗意的名字。

我是班长，课余参加学校的田径训练。香露儿为了接近我，也报名参加了学校的田径队。每天早上长跑，她都跟在我身边。有时我也怕同学说闲话，就故意加快步伐，把她甩在身后，她咬着牙紧追，追上我还会微微地笑笑。

我练的项目是跳高跳远，她也报了相同项目，一个沙坑里练习，她总是每一次都把我踩踏过的沙坑平整好，然后学着教练老师的口气说，好，再来一次，注意要领。

星期天，我们县里的同学喜欢组织去野游。我们商量去野游的事情，农村的同学是不会参与的。农村的生活很拮据，外出野游都是要带午饭的。香露儿却是每次都参与进来，一听说我们要组织野游，她就会说，算我一个，我也去啊，去哪？几点？咱哪集合？

同学带的野游的午餐花样很多，我总是带着油饼和卤鸡蛋。香露儿带的多是白面和红薯面蒸的花卷，还会带一只咸鸭蛋。她说自己家养的鸭子下的蛋，咸鸭蛋是母亲腌制的，鲜香益着黄油，你尝尝。真的，直到今天我想起香露儿家的咸鸭蛋还是忍不住流口水。

我说，我带的油饼多，一起吃。

香露儿一点也不扭捏，抓起一块就吃，说，我知道你是想照顾我，怕我伤自尊是吧？哈哈，我没有。你们吃的白面也是我们农民种的，我吃了也理所当然。香露儿总是让你感觉很随和，不拘束，也不用去讲究面子的事情。以后再郊游，香露儿就多给我带个咸鸭蛋。

高中毕业，香露儿回乡，我要去当兵，香露儿送给我她自己绣的一双鞋垫。

香露儿说，我喜欢你，我知道你也喜欢我，哈。我更知道我们不可能继续往深处交往，你家里人不会同意你和一个农村姑娘交往的。好在我们还只是喜欢。送你一双鞋垫，穿新鞋走新路吧。

那天晚上，我真的想把香露儿抱在怀里，我知道她不会拒绝。可是，我不敢，我真的不敢去想象将来和 个农村户口的女人生活在一起。我带着香露儿去过我家玩过，妈妈的表情早已经说明了一切。

我从部队转业回到家乡，香露儿要结婚了，还给我发了请束。

香露儿的男人是个乡镇企业家，经营着一个预制板厂。婚礼上，香露儿拉着老公到我面前，对老公说，看到没有，我的班长，这才是我的白马王子，英俊潇洒，可是我配不上。只好将就嫁给你这个黑驴王子了。

香露儿老公喝红了脸，说不就是个城镇户口吗，咱赚了钱，把全家都买成城市户口，黑驴变白马。没啥了不起。

香露儿一点也不窘迫，他喝多了，别介意。

我谈婚论嫁的那年，听说香露儿正和老公闹离婚，老公成了当时的暴发户，财大气粗在外地包养个大学生。香露儿没吵没闹，只是跟老公说，我不能让你既有前沿阵地，又有后方根据地。我也不是好说话的人，拜拜吧。香露儿什么也没有带，空手回了娘家。

我的媳妇是个符合我母亲标准的干部子弟，看着文雅洁静却是个醋

坛子，经常因为我在外面的应酬生气，只要有女人的场合，她都会盘问的你没有啥也得招出点啥，然后就要死要活地闹。

八月的一天晚上，因为我和女同事在单位加班，媳妇又去吵闹。心情郁闷极了，忽然就有了见见香露儿的渴望。

香露儿的家是都市里的村庄，香露儿落落大方地站在我的面前，还是那么的纯朴漂亮。

我抱住了香露儿，香露儿也顺从地依在我的怀里。当我想有更亲近的动作时，香露儿轻轻拍了我的后背，说，班长，你给我留下了许多的美好，那些美好什么时候回忆起来都觉得温馨舒畅，我真的希望那些美好不被破坏，不被玷污。能这样的抱你一次，已经是我今生的奢侈了。

香露儿送给我一小篮子咸鸭蛋。她说，她每年都养鸭子腌制咸鸭蛋。

香露儿家的村口，有一片荷塘，月光下的荷花开得正艳。

阳　光

夏日的河滩对孩子总是充满了诱惑。

颐河水流清澈，一条玉带般依偎着老街。两岸垂柳依依，绿草茵茵，树上蝉鸣鸟叫，水里可以看见自由欢快游动的小鱼。对孩子来说，最喜欢的就是玩水游泳。

颐河看似平静，但是每年都有小孩子溺水身亡的消息，没有大人带着，家长是不允许孩子去河滩玩水的。

阳光就敢自己去河滩游泳。阳光去河滩不像我们只是在河边小心翼翼地扑腾，阳光很潇洒可以横渡颐河，在颐河的另一岸边四脚八叉地躺在鹅卵石上晒太阳，然后一个猛子扎进水里，蛟龙般扑腾回来。惊得那些女孩子又喊又叫，跟屁虫般地围着他。

我羡慕阳光，也嫉妒阳光。阳光是高干子弟，爸爸是老红军。阳光长得方脸盘，双眼皮，浓眉似剑，气宇轩昂。他总是穿一身绿军装，戴绿军帽，尤其是带有八一五角星的军用皮带，腰上一扎，威武得像电影明星。

我看不惯阳光被女生围着追着，有啥了不起，就是游泳嘛。我也试探着往河中间游，马上我就意识到自己错了，湍急的河水推着我下沉。在孩子们的惊叫声中，阳光跃起跳入水中，把我扯上岸。

阳光说，想中流击水浪遏飞舟啊，学会了本事再显摆。

阳光带着我们去玩水遇险的事被家长知道了，阳光挨了爸爸的柳条，眼角贴了块膏药。女同学说阳光贴着膏药更潇洒，弄得我们一帮男同学也跟着满脸贴膏药。

我和阳光一起参军。新兵训练，阳光看到几个干部在练手枪瞄靶。

阳光也蹭到跟前，看到枪就手痒。一个白脸干部嫌阳光碍事，说新兵蛋子，一边玩去。阳光脖子一拧，说，新兵蛋子咋了，咱来蒙眼装卸枪，还不知道谁输谁赢哪。

这几个人是要代表团里参加军区比赛的，一个新兵蛋子竟敢来挑战。白脸干部哪里把阳光放在眼里，铺上外衣和阳光比试拆装枪。阳光把帽檐往后一转，帽子向下一码，遮住了眼睛。他们太小看阳光了，阳光从小就跟着爸爸练枪，拆装枪是滚瓜烂熟啊。

阳光在新兵蛋子一片欢呼声中潇洒地站起来，说，要是实弹射击，左右开弓都能上 10 环。

阳光真的被抽到团里去军区参加了比赛，还是个新兵就得了第二名，立了三等功。

我退伍回到老街，阳光已经是训练参谋了。

阳光带着女朋友回老街探亲，让那些对阳光充满期待的女同学顿觉失落。阳光的女朋友燕燕也是高干子弟，在军区文工团是个舞蹈演员。燕燕高挑苗条的身材，漂亮高雅的气质，把整条老街的人都嫉妒得沸腾了。有传闻说，几个女同学在说起阳光和他的女朋友，嫉妒委屈地抱头大哭。

我的女友也毫不忌讳地说，阳光当年就是她心目中的白马王子。

我有些酸酸地问，那我是啥？

女友叹口气，笑着说，仅次一级，你是白驴王子。

阳光的婚礼上，他的新娘燕燕却是坐在轮椅上的。燕燕下部队演出时，在一个高山哨所发生意外，双腿失去了知觉。为了照顾好燕燕，阳光也申请转业，他们回到了老街。

推着轮椅的阳光依然帅气，坐在轮椅上的燕燕依然气质高雅。经常看到他们一起去看画展，看演出，在颐河彼岸踏青。

参加同学聚会，阳光和燕燕都去了。舞会开始，当年的校花，对阳光独有情种的女同学来邀请阳光跳舞。

阳光笑着说，好啊。不过，我的第一支舞是要和我的妻子跳。

大家都诧异。

阳光把轮椅推向舞池中央，牵着燕燕的手，竟然跳了一曲美轮美奂

的轮椅探戈。

许多同学都感动地流泪，泪水包裹着说不清的情绪。

燕燕说，为了参加同学的聚会，阳光提议我创编这套轮椅探戈。真没想到，我坐在轮椅上依然可以舞蹈。依然可以延续我的梦想，我要谢谢阳光。

有同学把阳光和燕燕的轮椅探戈视频发在了网上。都市电视台的春节晚会，专门邀请他们登台表演。

在掌声和鲜花丛中，女主持人噙着泪问燕燕，你从一名专业的舞蹈演员，忽然间就失去了腾飞的翅膀。有没有最难熬的日子？

燕燕灿烂地笑着，没有，真的没有。我的生活里从来就没有灰暗过，因为我们家有阳光。

老街的青石板路上，阳光推着燕燕安静地走着。阳光依旧帅气潇洒，燕燕依旧气质高雅。

我羡慕阳光，也嫉妒阳光。

阳光恋

燕燕相中阳光可不是因为他长得帅气。在军区歌舞团，帅气潇洒的小伙子多得是。那是因为什么哪，燕燕自己也说不清楚。

燕燕在军艺上学，舞蹈专业。暑假，燕燕回到大连海滨家中。在艺术院校上学的同学组织了小分队，参加文化广场的演出，还到干休所慰问老干部。一群朝气蓬勃的孩子们的演出，迎来老干部毫不吝啬的掌声，燕燕得意极了。阳光就是到干休所看望父亲的老同事，看了燕燕跳的舞蹈。燕燕跳的是舞剧《红色娘子军》中的一段独舞，漂亮优雅的燕燕把阳光的眼睛都看直了，燕燕跳得是啥他根本就没有去在意。

海滨浴场风情怡人，总是有些浪漫的故事如这潮起潮落。阳光遇到了燕燕。燕燕和一群女孩子欢快地谈笑，蓝天白云海水沙滩衬托着她们的卓越和高傲。阳光故意大声地谈论，以引起燕燕那帮女孩子的注意。

阳光说，现在的女孩不得了啊，啥都不懂就敢到处去显摆啊。你不知道，我昨天去干休所看望周老伯，一群学生娃在演出，那个跳舞的女孩还跳红色娘子军啊。她跳的哪是红军战士，就是穿军装的大小姐在织毛衣啊。我给你学学啊。

阳光做着夸张的动作，引得大家发笑。

燕燕走到了阳光跟前，昨天的舞蹈是我跳的，不会欣赏就别乱发言。舞蹈能与操场上练兵相提并论吗？

阳光狡黠地眨眨眼，原来是阁下啊，失敬失敬。不过，阁下的舞蹈确实少了点军人的精神劲。

燕燕说，虽然我在军艺上学，我也是军人。别跟我摆谱。你有精神，我们来比试比试。

阳光说，哈哈，还是新兵蛋子吧。说吧，比什么？

燕燕说，我转圈，你翻跟头。敢吗？

大家都跟着起哄。

燕燕一个小旋就是三圈。阳光也不示弱，翻了三个跟头。

燕燕一个小旋接一个小旋，阳光翻得晕头转向，趴在沙滩上喘着粗气，说，新兵蛋子，今天我状态不好。有本事去训练处找我，咱们再比试，我叫阳光。你叫啥？

燕燕高傲地仰起头，转身走了。

故事好像到此为止了。

两年后，阳光收到一封信，说她是军艺毕业，毕业的作品是独舞《哨所》。她说，她有了下基层为官兵演出的机会，她去了只有几个人的小岛哨所，真正体验了什么是军人的精神。下个月要到军区会演，希望他能去看看，看看她还是不是个穿着军装的大小姐。落款是燕燕。

燕燕是军人世家，父亲是位将军。燕燕毕业是可以留在北京的，可是燕燕却申请去了军区歌舞团。同学老师都替她惋惜，她却快乐地像只小鸟。她去军区的理由太简单了，离阳光近了。

真不明白，你究竟看上阳光什么了？燕燕的同学明强非常痛苦燕燕对自己的无动于衷。

燕燕和明强是从幼儿园一起长大的朋友，一起上少年宫学舞蹈，一起高考上军艺。谁见了都说是天生的一对。燕燕只把明强当朋友。在舞台上，明强和燕燕同舞，明强眼睛里常常流露出期盼和柔情，燕燕根本不去对接。台下，明强也如同护花使者一般，呵护关照着燕燕。可是，不论台上台下他们离得有多近，明强总是走不到燕燕的心里。

明强知道了燕燕心仪阳光，痛苦得直甩自己的长发。明强把阳光约到海边，说要和阳光单挑。

阳光看看明强单薄的身体，笑了，就你？哈，三个你这样的贾宝玉也不是我的对手啊。

明强来了个原地后空翻，说，我跟你挑翻跟头。

阳光连忙摆手，别别，我服你了。你们跳舞蹈的是不是有翻跟头的瘾啊。

明强说，认输就好。我告诉你，你一定要好好爱护燕燕，否则我就对你不客气。说完一甩头发，颠颠地走了。

明强对燕燕说，我教训了你的阳光，他以后要是欺负你，我去收拾他。

燕燕的笑声如百灵般动听，随即来了个小旋。

燕燕发生意外，是在冰封素裹的寒冬。春节前夕，歌舞团下部队演出。一场演出结束后，听说在靠近边境的高山上，还有一个只有两个士兵的哨所。他们常年在险要的山峰上，见到人都很少，更不要说鲜花一般的女兵了。

燕燕和一个歌唱家主动要求，去给哨所的战士演出。燕燕说，阳光啊，我就想象如果是我的阳光在那哨所里，我能不去吗？

燕燕在冰天雪地中，为战士跳了舞蹈《哨所》，战士哭了，说他们看懂了。

燕燕就在下山的路上，滑下了山冈，双腿失去了知觉。

阳光迎娶了坐在轮椅上的燕燕。

那日傍晚，阳光推着燕燕路过广场，许多人在跳舞。阳光看到燕燕那出神的目光，忽然就把燕燕推入了跳舞的人群中，轮椅伴随着节奏进退旋转。燕燕大声地说，阳光，我要编创出轮椅舞蹈，我还可以飞翔。

燕燕创编的轮椅舞蹈《飞翔》大受欢迎，明强和燕燕的完美演绎征服了观众。

明强对阳光说，阳光，你是真哥们。我来给你翻跟头。腾腾腾，就是一溜后空翻。

燕燕依偎着阳光，笑得阳光般灿烂。

鼓　事

　　老街产鼓。赛家鼓乐店的鼓最为有名。

　　赛家鼓乐店的鼓类品种全，威风鼓、龙鼓、高音战鼓、立雕龙凤鼓、彩绘画龙鼓、水鼓、朝鲜鼓、牡丹鼓、花盆鼓、扁鼓、拨浪鼓、大小堂鼓、花铃鼓、太平鼓、象角鼓以及大、中、小号腰鼓和高、中、低档手鼓等等，赛家乐器店的鼓音质好，尤其是红鼓白茬鼓在豫西一带很有名气。

　　赛家鼓乐店的鼓都是自己制作的，店老板赛老大几代人都是制作鼓的高手，用优质泡桐和山地小叶杨木做鼓身，用豫西黄河南岸健壮体魄的雄性黄牛皮做鼓面，擂出来的鼓音深沉、洪亮、劲美。相传老街钟鼓楼上的报时用鼓就是出自赛家之手，风吹日晒，几十年都不变形状不改音质。

　　老街每年都有鼓乐大赛。正月十五闹花灯，老街的鼓乐大赛就开始了。来自豫西的知名鼓乐队把老街装扮得五彩缤纷，一边是锣鼓喧天，一边是唢呐悠扬，好不热闹。

　　老街赛家鼓乐队的出场，总能唤起老街人的欢呼。

　　赛老大的鼓乐队有四十个汉子，头顶羊肚巾、身着彩装、腰束红绸，在赛老大那面直径近两米的头鼓指挥下鼓声擂动，铙镲齐鸣。鼓声坚实浑厚，铙镲脆亮入耳，一曲《冲倒墙》，乐如其名，节奏铿锵有力势如破竹，那气势让整条老街都颤动起来。

　　敢与老街赛家鼓乐队对垒的是来自相思古镇的马家凤鼓队。凤鼓队清一色的女将，领头的马花，当年在老街戏园子唱过《西厢记》，饰演崔莺莺，人送外号"小贱妃"。小贱妃不贱，因得罪了欲对自己非礼的头

头，马花就离开了剧团，在相思古镇组起了凤鼓队，也是声震一方。

咚咚、咚咚、咚咚咚咚、咚……凤鼓队开场便是猛招"十面埋伏"。马花虽然已是银发挽髻，依然精神抖擞，风采依旧，双手舞锤，率千军万马向赛家鼓队压来。

咚咚咚、咚咚咚、咚咚咚咚、咚咚咚……赛老大的鼓锤沉重如铅，缓慢的"行鼓"如滚来滚去的闷雷就是炸不开。

赛老大恋上马花那年才二十五岁，刚刚接手鼓乐店的生意。第一单买卖就是为相思古镇的马花凤鼓队订制二十面大鼓。马花不要让利，就请赛老大去相思古镇传授鼓技，帮忙把凤鼓队拉起来。赛老大自然应允，到相思古镇给姑娘们传授鼓谱，就住在马花的家里。赛老大见过舞台上的马花，光彩照人，台下的马花更是面若桃花，纯朴率直，赛老大迷恋上了马花。

咚咚咚咚、咚、咚咚咚咚、咚……马花双目有神，手下的鼓锤越打越急，"将军令"汹涌而至，如在城下挑战骂阵。

赛老大手不高抬，闭上双眼，如入梦境一般。老街人都有些急了，开始呐喊。

赛老大的婚事遭到了马花父亲的反对。马花父亲是个教书的先生，对生意人总有些轻视。马花是个孝顺的孩子，父命难为，便嫁了镇上剧团里的小生洛成。

马花出嫁那天，赛老大带着鼓乐队敲打了一天，临别时，把一对鼓锤留给了马花。那对鼓锤是红木质的，粗如娃娃的腿，锤柄雕刻着一颗龙头，龙口含有玉珠，玉珠上缀出红绫绸，鼓锤打磨得油光锃亮，能映出人影。那对鼓锤可是赛老大家的祖传之宝啊。赛老大精神萎靡，回到老街后，从此不再打鼓。

咚咚咚、咚咚咚……凤鼓队的鼓声如撒完欢的野马，渐渐平稳下来，鼓点似断似连，马花眼神如怨如诉。

赛老大娶妻生子，再也没有见过马花。日子过得平稳安适，可是赛老大就是如面瓜一般瓢莤，对啥事也提不起兴趣。接着是一段非常岁月，民间的鼓乐赛事也歇息了，有鼓声也是宣传"最高指示"。

老街鼓乐赛事再兴时，赛老大已经把生意交给了儿子。儿子重新拉起了赛家鼓乐队，热闹归热闹，大赛上赛家鼓乐队从没有拿到大奖。

一日又有生意上门，订制二十面大鼓。来人竟是马花。马花看着坐在门口少气无神的赛老大，动了气。说，都二十多年过去了，你还是这个瓢茬样？对你说，这二十年我过得很舒坦，很幸福。过去的美好我都留在心里了，它不会影响我该过的日子。你要还是个男人，还是个能让我瞧得起的男人，就提起你的精气神。正月十五，我带着凤鼓队来和你打擂。后半辈子别让我看扁了你。

咚、咚、咚咚咚、咚、咚、咚咚咚咚……赛老大似乎被人击了一掌，骤然惊醒。一串"撼天雷"炸响，接着是"过山风"，一个高亢浑厚，一个清脆有节，让人从骨头缝里往外透着舒坦。

好哇，这是龙凤斗啊。老街人为双方呐喊吆喝。

双方激烈的鼓声忽然骤停，赛老大和马花都背对着大鼓将鼓锤高高抛出一丈多高，鼓锤在空中翻了个跟头，直冲冲砸向鼓面，在鼓锤弹起的一瞬间，赛老大马花猛一转身接住鼓锤，纵身往下一砸，所有的鼓乐共鸣，齐刷刷敲出了最后一个鼓点。

这是赛家的绝技，龙回首啊。

赛老大被大家围着庆贺，却找不到了马花。

赛老大的儿子拿着一对红木鼓锤走来，玉珠含缀的红绫绸随风飘舞，如两束燃烧的火焰。

大漠里的旗帜

她从老街来看他，是为了离开他。

他不知道，兴奋紧张搓着一双皲裂粗壮的手，这么远，天啊，你怎么来了？

她看着他，看着相恋十年，那个曾经帅气充满诗意的小哥，如今粗犷得像工地上的装卸工，她还是没有忍住泪水，晶莹的泪珠在白嫩的脸颊冰冷地滑落。

她下了火车乘汽车，走了三天三夜，又搭乘过往的大货车颠簸了一天，才在一望无际的荒漠中看到了他居住那间小屋。西部边陲的一个养路站，只有一个人的养路站，养护着近百公里的国道。

她和他在大学相识，他们都是学校野草诗社的铁杆，酸不拉叽的诗常常让他们自己骄傲得忘乎所以。他俩相恋了，就因为都喜欢泰戈尔的诗，生如夏花，死如秋叶，还在乎拥有什么？在校园的雁鸣湖边，他轻轻地吻了她，说过不了几年，我将成为中国诗坛的一面旗帜。

浪漫似乎只在校园里才蓬勃畸形疯狂地蔓延。当毕业走上社会，才知道校园的美好都被现实的无情的铁锤砸得粉碎。为了寻找工作，他和她早把诗意冲进了马桶。

他的父亲是养路工，在西北。父亲生病期间，他去了父亲生活的城市照顾，父亲去世后，他竟然接过了父亲手中的工具成为一名养路工。

大漠荒烟，千里戈壁，他给她写信，描绘着他眼前的风景，天空虽不曾留下痕迹，但我已飞过。我真的感受泰戈尔到这句话的含义了。

她感受不到那些诗意，没有他在身边的日子寂寞无聊。家里人给她介绍男朋友，她都拒绝了。可是，她也不确定自己究竟能等到个什么样的结果。

一年一年的春花秋月，把他们推向了大龄的边缘。经不住妈妈的哭闹哀求，她妥协了，去见了妈妈公司领导的儿子，小伙子很精干，谈吐也很睿智。她就模棱两可地处着，心中还是牵挂着远方的他。

她要了断同他的情缘，这样下去对谁都不公平。

她给他带了大包的物品。他笑着说，我这啥都不缺，啥都不缺。

她环顾四周，煤气炉、木板床、米面油、咸菜。

他笑了，似乎恢复了校园里的碎片，玩笑说，孟子曰天将降大任于斯人也，必先苦其心志，劳其筋骨，饿其体肤，空乏其身。这些我都具备了，就等着天降大任了。

晚饭，有稀饭、馒头，她带来的熟制品。

他居然端出了一盘鲜绿的青菜。在这一抹黄的沙丘，见到鲜绿的青菜，她都舍不得动筷子。

你一个人不寂寞吗？她说。

不寂寞，白天养路，晚上看书，看你的信。我能背下来泰戈尔诗集，也能背下来你写的每一封信。

夜晚，她躺在床上，他躺在床下。荒漠的风狼一样嚎。

我明天就走吧，看看你，我也就放心了。她说。

嗯，谢谢你来看我。好好生活吧。他说。

她伸出手，他也伸手，细嫩的手被粗糙的手握住。

她哭了，翻下床卧在他怀里哭了。

第二天风和日丽，天蓝如洗。她搭上了一辆过往的货车。

司机是个很健谈的小伙子，踩上油门也打开了话匣子。小伙子说，这个养路站就像是他们跑长途司机的驿站，加油加水，填饱肚子。养路站就他一个人，他还学会了修车补胎。几千公里的路段，就他养护的这段路最好。

在一个大拐弯处，司机停下车，提着一只袋子下了车。

她伸头望去，路基的远处是一个低洼带，竟然有一片十几平方米的小菜地。菜地里的绿色格外养眼。怕菜苗被飞鸟或小动物侵害，菜地的四周插满了树干，树干上挂着五颜六色的布条，像是挂满了万国旗。

　　司机把袋子里的土倒在菜地边，回到车上说，经常走这里的司机都知道给这块菜地带点土。这地方风沙大，就这一块是个避风的港湾。他每天都要骑车几十里来这里种菜浇水。来场大风暴，菜地就没了，风暴过去后，他重新再开。我们司机每次经过这里都要鸣笛致意，我们把它称为大漠里的旗帜。那些条幅上都写着一些字，有人说是诗，我也不懂。反正我记得其中一个上面写着，生如夏花。

　　她哭了，她的名字就叫夏花。

　　她回到家，眼前总是飘舞着大漠里那五颜六色的旗帜。

　　她又准备动身去看他，她带了一包土。她要告诉他，大漠里的旗帜下不该少了家乡老街的泥土。

完美交代

妻子温柔贤惠，漂亮秀美。相夫教子，还通晓诗琴书画。朋友都嫉妒，说老天不公啊，好事怎么都落到你一个人头上了。

妻子在家里也是独生女，从不娇惯。她小的时候就跟着妈妈学做家务，学习优秀，还弹得一手好钢琴。艺术学院毕业后，本可以留校或进机关的，但是为了我，跟我回到了县城。

妻子勤劳，我几乎是饭来张口，衣来伸手。偶尔，动手擦擦地擦擦窗户，也是自己觉得要活动活动舒舒筋骨。妻子从无怨言，她说见到我在案前写东西，她心里就爽快。

妻子怀孕，生下女儿，也没有让我忙乎什么。孩子上幼儿园，上小学，上中学，接送孩子开家长会都是她一人大包大揽。我要去开家长会，妻子说算了吧，你一个文人，平时与凡人不搭腔，老师要是说点什么你脸上也挂不住。别的家长和交流点啥你也不知道该怎么办，还是好好写你的文章吧。

我们家里经常的景象是，我问，老婆明天早上我穿哪件衣服，女儿在喊，妈妈，我的第二套校服放哪了，急着用哪。妻子不慌不忙，笑着把大人孩子要的东西摆放在面前。

说来惭愧，我不过是业余时间喜欢写字，在市报上发几篇小文章。妻子就把我奉为圣明，列入文人圈里。我的文章只要见报，妻子都会精心地把报纸整理好收藏起来，积攒多了就装订成册。朋友亲戚来家里，妻子会在很适当的时机拿出简报，替我炫耀一番。

温顺的妻子，有一天发脾气了。她要去给学校的女儿送一双鞋子，让我把鞋子送到大门口。我也不知道孩子的鞋子放在哪。妻子说，鞋子能放在哪？不是都在鞋柜里吗？你就不能动手找找？

可是，以前都是你来处理的，我从来没有收拾过。

这是我一个人的家吗？女儿是我一个人的女儿？我就不会老吗，我也是人到中年了，我也要有我自己想做的事情。我少年时期就梦想着成为一名画家，成为张玉良那样的女子。我找了一个老师，跟着他学画，这个家，你来管。

妻子真的就撒手不管了。第二天早上，几乎没有吃成饭，我跑到门口的小店买了豆浆油条。

妻子说，总不能一年四季都去买油条，喝豆浆吧。今天我教你做面汤，蒸米饭，明天包饺子，还有女儿最喜欢吃的东坡肉。

我也不是个笨人，其实从小也是跟着母亲做家务的，不过是结婚成家后，妻子把我给惯坏了。做饭，我上手很快，并且把深藏不漏的几个拿手菜也显摆出来，女儿直夸老爸的手艺比老妈的强。

以前，有点时间，妻子就会安静地看书。现在不一样，她总是拉着我逛街转商场。在超市里，她推着购物车，指着要啥要啥，我就动手往车子里装。尤其是在购买女人用的一些东西，她也让我一个大男人去挑。还告诉我女儿用的是什么牌子的护垫，要加厚的还是加长的，女儿穿多大号的文胸内衣。我说这可都是你当妈要负责的事情。妻子说，女儿也不是我一个人的。我要出差去外地写生，十天半月也可能一两个月，女儿谁照顾？

中央电视台有个节目叫"购物街"，一家老小回答问题，在超市里寻找指定的商品。妻子也把它照搬到家里，她坐在沙发上，提出问题，让我和女儿回答。

女儿穿多大腰围的裤子，裤长是多少？

爸爸的腰围多长？穿多大号的衬衫？

我家经常换洗的内衣内裤在第几个柜子的第几个抽屉里？

几月几号交水电费、煤气费、物业费？

妻子把我和女儿支应得昏头转向，还美其曰是西点军校训练。

女儿放暑假，妻子说要和一帮画家外出写生，女儿和家就交给我了，也算是一次结业考试。如果不及格，将会好好收拾我。

妻子外出了一个月，每天都要来电话，听我一天的汇报，然后给与点评提出改进建议。

妻子回到家时，验收了我和女儿作业，满意地笑了，说合格。

十一是我和妻子的结婚纪念日，我两人又到了经常约会的地点，山涧石桥。妻子拉着我的手，深情地望着我，说，亲爱的，我要告诉你，我得了病，很难治愈的病。女儿暑假期间，我就是去北京又确诊复查，医生建议我尽快动手术。假期结束，我就去手术，放心吧，我很坚强。如果手术后，我活着，还和以前一样，家里的一切都不用你操心，如果我回不来了，你已经可以照顾自己和女儿了，我会安心地在天堂看着你们幸福地生活。

我抱紧妻子，说，我的作业才刚刚及格，我要做得更优秀，离不开你的指导，你要回来，你会回来，我们全家人一起幸福地生活。

妻子没有哭，我也没有哭，生活不需要眼泪。

将军泪

将军不流泪。

将军12岁那年，揣着两块烤红薯，翻了三十里山路，参军报仇。他牙齿咬破了嘴唇，鲜血顺流而下。村口的老槐树下，白匪肆虐，树上还吊着他父母的尸首。

队伍上很苦，大人都受不了。年少的他受得了。餐风露宿，酷暑严寒，他从不叫苦。在队伍里长大的他，听到枪声就振奋，托起枪把子手就痒，打仗就知道往前冲。

暮秋。他带领的一个连，在岐山山坳中与日本鬼子一个中队相遇。两天两夜，枪炮声响彻山谷，硝烟熏黑了黄土。

硝烟散尽，活下来9个人，他和被他俘虏的8个鬼子。一身伤痕的他，脸上已经没有任何表情，依然精神抖擞，大声吆喝着俘虏前行。在一个山包前，俘虏开始叽哩哇啦地大声说话，显得有些兴奋，前边的一个鬼子也越走越快。如果前边的鬼子拐过山包，就不在他的监视范围了。他急了，端起枪，大声喊："站住，我命令你们站住。"鬼子依然往前走，前面的一个鬼子还跑了起来。他沉不住气了，手中的枪响了，跑在前面的鬼子爬下不动了。后来从鬼子口中知道，鬼子是看到前面的岐水河了，想去洗一洗。

他受了处分，被降了职。他不后悔，拿了一瓶酒，坐在烈士坟墓前，喝得酩酊大醉。

战火硝烟中，他成长为一名师长。因为他总是把"我命令你"挂在嘴边，大家都叫他将军。这时的他早已过了谈婚论嫁的年龄，还是孤身一人。在一次恶战中，将军负伤住进医院，肩膀上还镶嵌着一块炸弹皮。

医院没有了麻药，伤情又不能拖延。

将军对院长说："别啰嗦了，我命令你，挖!"将军嘴里咬了块毛巾，汗水小溪一般从将军脸颊流淌。被疼痛扭曲面庞的将军，顺着为他擦汗的小手，看到了白口罩上面的那双美丽的大眼睛，心中竟涌动一丝柔情。

窝在医院的将军脾气越发暴躁，可每次大眼睛给将军换药的时候，将军就会温顺得像只猫。大眼睛手中的棉球在将军的伤口处仔细地抹擦，鼻中的气息缓缓地抚摸着将军的脖肌，将军就恍惚。

那次大眼睛给将军换完药，将军对大眼睛说："我命令你，嫁给我。"

大眼睛的眼神中瞬间有些慌乱，脸涨得潮红，说："你，你不讲理。我干嘛嫁给你?"

将军怔了，说："那好。我命令你一个月内爱我。"

大眼睛有些恼怒："你，你霸道!"

大眼睛找到院长诉说，院长笑了，和大眼睛讲了许多将军的故事。

大眼睛不再去给将军换药，将军也耍脾气，大眼睛不来就不换药。院长讲道理下命令，大眼睛才撅着嘴去给将军换药，就是不和将军说一句话。将军在大眼睛走出房门前，说："还有28天。"大眼睛被气笑了，老大的人了，还跟孩子似的。

敌机又来轰炸，好像是有备而来，一发炮弹已经在医院旁边轰然炸响。人心慌乱，形势危急，医院必须立即转移。

大眼睛焦急地说，院长开会去了，怎么办哪。

将军一把扯下吊针，疾步走向院子中间，大声吼道："现在听我的命令，先把重伤员往后山转移，快!"指挥着大家有条不紊地快速撤离。

最后一个离开的将军，竟然快步走到院角的一棵树下，小心翼翼地捧起一只被炸弹震落到地上的雏鸟。

将军轻抚着惊恐万状的小生灵，喃喃地说："它应该有美好的明天，带着它离开吧。"轻轻地把雏鸟放在大眼睛的手里。

小院顷刻间笼罩在了炮火之中。刚才好险啊，大眼睛充满敬佩地望着从容不迫的将军。

将军伤愈，要归队。大眼睛给将军收拾行装。

大眼睛说，沟上的桃花开得正艳，好看呢。

将军说："大男人看什么花花草草啊。明天我就归队了。你能不能再给我换一次药。"

大眼睛笑了，你伤都好了，还换什么药啊。

将军说："你甭问，给不给换嘛？"

大眼睛不笑了，拿过棉纱轻柔地给将军换药。

将军一走，再无音讯。大眼睛从前线回来的伤员口中得知，将军下了江南。

疗养所建在风光旖旎的南国海滨。将军坐在轮椅上，面朝大海，手里攥着一团泛黄的棉纱。海风吹来，将军的一条裤管随风舞动。

将军身边传来抽泣声，将军怔了，是年轻漂亮的大眼睛。

"你来干什么？我命令你走开，走开。"

大眼睛笑了，我转业了，你的命令我可以不执行。我是来给你当拐杖的。

将军沉吟许久，最后冷冷地说："你来迟了。"将军用有力的手移动了轮椅的方向，缓缓离去，给大眼睛留下岩石一样的背影。大眼睛呆呆地站在海边，海风吹散了她的一头秀发。

此时的将军，胸前正落下大滴的泪水。

富 娃

富娃媳妇长得排场，村里后生嫉妒得眼红。富娃和媳妇一张床上睡了两年，媳妇瘪瘪的肚子就是圆不起来，后生又美得不轻，往一块扎堆瞎喷就拿富娃开心："你苦个球。恁美个媳妇都拾掇不住。把你媳妇借我，三天叫她想吃酸。"富娃不气也不恼："嘿嘿，眼气死你呢。"

富娃家在村里有房有地有牲口。祖上三代单传，富娃这辈儿又是蝎子放屁——独（毒）份（粪）。五岁不断奶，十二岁还穿一身红，敬得像个银疙瘩。富娃十六岁那年豫西大旱，粮食绝收，乡匪猖獗。富娃家养有牲口，他爹心里就不安生。赶集时听人说乡匪是用土枪铁刀的多，轻易不敢去有快枪的人家闹事，便用十捆棉花托人换回一支"汉阳造"。

村里有个地痞二毛找上门，要借"汉阳造"到外面捞摸点东西。富娃老是为难，生怕枪有个闪失白瞎了十捆棉花，就瞒着爹带枪同二毛一起去，说定了只吓唬吓唬人不能真弄事。

俩人黑灯瞎火爬坡翻沟摸到一户人家院墙外。二毛攀墙头，伸脖子瞅了瞅："嗨，屋里有个闺女赤肚子洗澡呢。我去后院牵羊，你招呼着些。"说完猫一般轻捷入院。

富娃抱着枪，探起身想看看屋里的景致，枪管却碰翻了墙头上扣着的破瓦罐。屋里灯灭了，接着响起敲盆声，相邻住户也随即响起家什声，惊得人头皮发麻。

二毛兔子一样蹿过来："还癔症啥，放枪！"

富娃迷迷瞪瞪放了枪，听到一声女人尖叫。他俩腿一软，裤裆里就黏乎乎臭烘烘的。从此富娃就落得个厕稀的毛病，受惊受怕打鼓放鞭女人的高叫都会急得提溜着裤子往茅池跑，把持不住劲屙裤子上是常事。

富娃爹求医寻药给儿子灌了不少药汤汤就是治不住。富娃折腾得骨瘦如柴。

豫西两年大旱，庄稼绝收，树皮都被扒光。这天晌午，富娃家来了一逃难老汉，老汉领着两个路都走不动的黄脸女娃。十个发面火烧馍，老汉把大娃留在了富家。经过半年调养，女娃出落得水灵灵的俊。富娃爹宰了两只绵羊，请村里人吃了羊肉汤泡馍，富娃就和姑娘拜堂入洞房。富娃颤抖抖解开媳妇的红肚兜，裸露出两只白晃晃的奶子，一只奶子上有块铜钱大小的疤。富娃一激灵，光着屁股就往茅池跑。以后也就不敢沾媳妇的身。富娃弄不出个娃来，村里人说富娃是"骡子货"。富娃爹长吁短叹，富娃却是不忧不愁日子过得乐呵呵。

乐乐呵呵的日子没过多久，小日本鬼子就折腾到了豫西。一日傍晚，小鬼子围住了村子，将几百口老少赶到村口麦场上，说是失踪了个叫啥横七竖八的小鬼子兵，逼村里人交出凶手。挎着军刀的胖鬼子从人群里拉出富娃媳妇，撕开她的衣领，将闪着寒光的刀尖划在女人嫩白的乳峰上，一股殷红的血顺刀刃滴淌。

"放开他，你狗日的人是我杀的!"人群中跳出了富娃。

胖鬼子歪着头看看富娃，不相信地晃晃肥头，抬了下手，刀尖又划向女人的另一只乳峰，乳峰上的疤痕在火光照映下格外显眼。

"小鬼子，我操你娘。"富娃吼着窜上前去抱住胖鬼子竟一口咬掉他半只耳朵。胖鬼子猪一样号叫着，军刀捅入富娃的肚子。富娃瞪大了眼一口将血淋淋的耳朵吐在胖鬼子脸上，直挺挺向后倒下。天黑下来，小鬼子仓皇离去。

院当中支起一扇门板，富娃静静地躺在上面。富娃媳妇打来一盆温水，轻手轻脚揩掉富娃身上的血迹。富娃爹蹲在门口"吧嗒吧嗒"不停地吸烟。媳妇忽然叫起来："爹，你看，富娃他没屌，没屌。"果然，媳妇拿着的血裤上没沾一点污秽。

"娃，死得值过!"爹说，两行老泪缓缓流下。

"富娃——"媳妇扑在富娃冰冷的身上号啕大哭。

和　平

　　高地上双方狭路相逢。一方要通过高地向后防迂回，一方奉命阻击不得让对方突围。双方都接到上司同样的命令，必须在下午6点前撤出阵地，否则炮火将覆盖高地，高地将寸草不生。

　　高地三面是悬崖峭壁，沟深百尺。只有一条道路通向山外。高地不大，却是战役中的双方必要争夺的标志性地盘。遭遇的双方打得都很艰苦。突围方实施了几种突围方案，没有成功，都被对方密集的火力给拦截。阻击方被动的反击也遭到对手的重创。每一次密集的火力之后，高地上都会留下几具被枪弹打穿了的尸体。

　　双方的消耗都很大，谁也没有绝对获胜的把握。弹药已经用尽，剩下的只有肉搏了。

　　忽然，突围的一方，举起了一块白色的方巾。投降？狙击方的士兵兴奋起来。

　　举着白色方巾的是一名军官，他大声喊：我要和你们的最高长官说话。

　　阻击方也站起一个胳膊上扎着绷带的人。

　　我是上尉卡洛斯。你是谁？

　　上士詹姆森。

　　上士詹姆森，我命令停战一刻钟，一刻钟。

　　怎么，不投降，还给我下命令？

　　上士，我们不会投降的。但是，现在必须停战，因为我们有名孕妇要生产了。我们可以刀兵相见，你死我活，但是孩子是无辜的，要让他安全生下来。

上士伸长脖子朝对方阵地看看，没有看出什么名堂：谁知道你是不是耍什么花招，想借机突围吧？

我就坐在这里，你的枪可以对准我。如果我在耍花招，你就可以扣动扳机了。

双方陷入了沉默。上士果然听到了女人的呻吟声。上士耸耸双肩，也慢慢坐下，手中的枪还是警惕地对着上尉。

一刻钟过去了，女人在呻吟。

又一刻钟过去了，女人还在呻吟。

上士喊着，你们打仗还带着孕妇。太不人道了吧。

我们就是护送她回后方去分娩的。她的丈夫在上次战役中被炸飞了，她是来给丈夫送行的。不人道的是你们啊。

斗嘴似乎没有什么意义，双方又陷入了沉默。

女人的呻吟声弱下去了。

上士忍不住又抬头瞅了瞅，生了吗？

快了吧。生孩子的事，我也没有遇到过。上士，你结婚了吗？你有孩子吗？

有，两岁了，男孩。小家伙很结实。上士嘴角挂上一丝笑容。

女人的呻吟声又强烈起来，阵地上有了希望的活力。双方的士兵都从紧张的状态暂时松懈。天空很蓝，云很白。夕阳烧红了脸。有的士兵吐着烟圈，有的吹着口哨，还有的小憩眯起眼睛。

哇——一声啼哭，划破寂静的高地上空。

生了，生了。

噢——双方的士兵竟然都欢呼雀跃，他们听到了最美的天籁之声，他们竟然忘记了刚才还是刀枪相见的对手。

上士，问问是男孩还是女孩？

上士喊着：上尉卡洛斯，生的男孩还是女孩？

哈哈，上帝保佑，是双胞胎，男孩女孩都有！

噢——又是一片欢呼声。

一个士兵捂着脸抽泣着，我也有个女孩，我也是刚当了爸爸，就在上个月。还没有来得及给女儿起名字。

上士：你们给孩子取个什么名啊？

上尉：孩子的母亲说了，就让大家给取个名字。我看这样吧，我们给男孩取名字，女孩的名字你们给取。

双方都在商讨着给孩子取个什么名字，晚霞映红了山涧。

上尉：我们给取好名字，你们怎么样啊？

上士：我们也给取好了。

男孩叫——和和。

女孩叫——平平。

和和——平平——和和——平平

上士：能看看我们的平平吗？

上尉抱着平平，小心翼翼地走来。上士接过孩子，襁褓中的平平粉嘟嘟的脸蛋，柔黄黄的头发，安静地甜甜地睡着。孩子在士兵们的手中传递着，像幸福的花朵在他们怀中开放。

他们忘却了时间，忘却了 6 点钟之前必须撤出高地的命令。

当排山倒海的炮弹呼啸而来时，双方的士兵不约而同地拥到一起，紧紧地护住了襁褓中的和和平平。

高地硝烟弥漫。

痛哭喊吧

去省城和朋友聚会，喝高了。归途中，尿急。司机把车停在了一个坡道上。我急急火火地找个陡坡前，一通潇洒。准备转身走，瞥了一眼前方，陡然被眼前的景象吸引了。脚下是近百米的深渊，放眼望去一马平川，平川被绿色的草坪覆盖着，平川的中部是一条蜿蜒的小河，河水如玉带般晶莹透彻，小河的周围有几个零星的村落，村落的土屋在茂盛的桐柏树下若隐若现，渺渺炊烟缓缓地与蓝天浮动的白云对接，像一个人间通往宇宙的天梯。

这时的我情不自禁地向着远方大喊起来：啊——哎咳——爸爸——妈妈——我爱你——我想你——我是谁——我很累——

喊着，喊着，泪如泉涌。喊了一会，忽然觉得放松多了，生意场上近段时间的不顺畅，郁闷苦恼在这一刻被驱赶的无影无踪，脑子变得很清醒。我去叫来司机小郭，让他站在这里感受一下情绪，没有想到，这个九零后也情不自禁地叫喊起来：阿迪——我爱你——我要买房——我要娶你——我想哭——

小郭像个小孩般地哭起来。

上了车，我和小郭都觉得有些不好意思。小郭说，经理，我好像从上高中就没有这么痛快地哭过了，哭一场，真舒服。下次路过这里，还来哭。

小郭的话，提醒了我。这可是个商机啊。看看我们生活工作的环境，全都被压力给充满了。如果有个可以让人们情不自禁地就想哭想喊，发泄完了心情舒畅的场所，一定会很火爆。

我为自己的想法激动了，立即给公司打电话，放手紧盯了几年还没

有到手的地皮计划，把全部资金用来开发刚才那一马平川。

董事会的几个董事不理解，认为我异想天开。谁会花钱跑去哭，跑去喊。

我带他们到那里去体验，回来就一致同意我的投资计划。

计划实施得很顺利，"聚众痛哭喊吧城"如期开业。

我们的宣传也强猛，打出了许多外国专家的旗号。比如，实验心理学家戈茨说，哭泣时压力满泄的警号，流泪可以排走压力荷尔蒙；俄罗斯家庭心理医学专家纳杰日达·舒尔曼认为，眼泪经证实是缓解精神负担最有效的良方，所以女人比男人少得因神经紧张而诱发的梗死和中风。而我们本土的中医告诫，经常忍气吞声、有泪往肚子里咽的人容易得癌症，患病几率比一般人群高三倍。因此，发泄吧，喊吧，叫吧，哭吧，哭哭更健康。

真的没有想到，生意超级的好，尤其是到了周末周日，不预约还挂不上号。

有个公司客户女总监，几乎每周都要来，还建议我办理贵宾卡。她不但自己来，还组团集体来哭喊，那场面真可谓是壮观。

要说我应该遵守职业道德，不能探究客户的隐私，可是我实在是忍不住好奇，便在哭喊吧里悄悄地装了台录音设备。闲暇时，我就听这些哭喊为乐：

——要命的客户，该死的客户，我恨死你们了。就是为了维护你们我陪吃陪喝赔笑脸。该死的经理啊，那天我不是疯狂工作十几个小时啊。昨天，该死的大客户被挖走了，你骂我，罚我，你和混蛋经理，那能怪我吗？人家派上去的是十八九岁的大姑娘，我能争得过吗？妈呀，我苦啊，我难受啊……

我这大多数的客户都是白领阶层的精英。

——哇啊，啊啊，我他妈容易吗，为了这个副处级，我都花出去二十万了，不贪不受贿我他妈图啥啊，我他妈的那些花费能收回来吗？你他妈的太黑了，这才两年不到，你又要调整，妈妈的呀，这是明摆着又要敲竹杠啊，送，送，送，我让你撑死。妈的哪天老子惹急了全都给你端出来，一起去进号子，管他妈你是正处正厅。娘啊，儿苦啊……

——啊，俺的娘啊。俺做这个也是迫不得已啊，俺没有文化没有技术没有后台，俺只能去坐台。男人都不是好东西啊，他们做贱俺，俺也得赔笑脸。俺咬紧牙，俺要赚大笔钱，回去给你盖房子，让你享清福。娘啊，闺女不孝啊……

——累死了，累死了，累死了也不落好啊。春季行动完了就是夏季行动，还没喘口气又该冬季行动，罚款多了老百姓骂，罚款完不成任务要诫勉谈话，一个小派出所长，整得比总理还忙。那些偷摸赌博卖淫嫖娼的，不抓了罚，罚了放，放再抓，能完成罚款指标吗？

真是各行有各行的难处啊。

听着他们的哭诉，我觉得自己好受多了。忽然一个熟悉的声音传来：

——克军啊，我想你想得好苦啊，你是我的初恋，是我永远的最爱啊。我这个老公表面上像个人，一肚子的坏水啊。他以为我不知道啊，他在外面养了小妖精，比女儿还小一岁啊，作孽啊。他做的坏事我都一笔一笔记着，没准哪一天我就把他给举报了。克军啊，我还会回到你的身边啊……

靠，这不是我媳妇嘛?!

委 婉

典子找到我，悲切地说，草本的父亲出了意外，家里不敢告诉他，他父子情深，怕他受不了，让草本的女友典子想办法告诉他。典子红着眼说她无论如何也开不了这个口，托我和草本谈。你和草本是朋友，你告诉他，要说得委婉些。

如何委婉地将事情告诉草本，让我大伤脑筋，我是个喜欢直来直去的主儿。临阵磨枪，我找来一些相关书籍求教，一则外国幽默给了我启发。说是一位太太外出旅游，关心她家里的那只宠物波斯猫，便打电话问丈夫，家里的猫怎么样了。丈夫说，很不幸，它死掉了。太太说，你怎么能直截了当地告诉我，这样我会受不了的。你应该说，它爬上了树，又跳上了屋顶，不小心摔下来。那么你再告诉我，我母亲怎么样了，丈夫说，她爬上了树，又跳上了屋顶。我把这个故事讲给草本听，草本说，这个故事我早就听过。我说虽然是个故事，可现实中也真会有这样的事，比如说，你的家里……草本一瞪眼，你少说晦气的话，我们家人没人会上树。我说，当然，不光是上树，有的人突如其来地暴病。草本拍拍胸脯，我家人身体个顶个的棒。我妈跳绳、踢毽子，连小姑娘都不是个儿，我爸参加老年中长跑比赛，连续两年都是县里的冠军。怎么，你家里有人得了急病？我说我家没有，虽然父亲这两年患了脑血栓，但吃药治病已经稳定了。现在经常得点小病小灾的还好些呢。常言说病恹恹，活千年。怕就怕身体棒的。你就说美国女排运动员海曼，又高又壮的不就倒在赛场了。草本撇撇嘴，老外吧，那是巨人容易得的马凡氏综合征，死亡率百分之八十，没救。我说世界上最不值钱的就是人啦，你说说，现在保护森林、保护耕地、保护江河、保护湿地、保护野生动物，啥都比

人宝贵了，人可以再生嘛。司马迁说过，人固有一死，或重于泰山，或轻如鸿毛。咱平民百姓，一辈子也不图重于泰山也不能轻于鸿毛，只要平平安安问心无愧，一辈子也就值啦。人来世上走一遭，恋爱、结婚、生子，把儿女们养大成人也就差不多完成他的人生使命了。对老人只要孝敬他，关心他，让他感到了家的温暖，即使是老人去了也会感到欣慰的，儿女们也不必过分地难受。谁又能千年不死呢，那不成了王八了，千年的王八，万年的龟嘛。草本说，人来到世上就应该快快乐乐地生活。我们家就是个欢乐家庭，家庭快乐美满，生活质量高，人就可以健康长寿。我说是的是的，不过苏武他老人家早就说过月有阴晴圆缺，人有悲欢离合啊。悲和欢总是连在一起的。一个彩民，回回买彩票，买得倾家荡产时，却中了个特等奖，500万元，结果兴奋过度，突发心脏病，死了。我的一个朋友，就是想开车，谁都拦不住。家里不给钱，他就去医院卖血交学费，考上了本子，结果放单没有两个月，把车开上了便道，一家三口让他撞得一死两伤，他自己也判刑入狱。世上的事最难说的就是突然，就是意外。假如说，被撞是你家的人，是你的父亲……草本一把抓住我的胳膊，我再次警告你，不许拿我家开涮，尤其是咒我父亲！草本不理我，独自坐在床上喘着粗气。我咬咬牙，好吧，也别假如了，草本，你父亲去世了。草本疯了一样跳起来，照我脸上就给了一拳。好哇，我一直把你当朋友，你今天转这么大个圈来耍我，我不再有你这个朋友了。草本甩门而去。

典子找到我问，你和草本谈了吗？谈了。委婉吗？委婉。结果呢？

我抬起头，指着乌青的眼窝，结果都写在这儿啦。